EL GATO QUE AMABA LOS LIBROS

EL GATO QUE AMABA LOS LIBROS

SOSUKE NATSUKAWA

Traducción de
Marta Morros Serret

Grijalbo narrativa

Papel certificado por el Forest Stewardship Council˙

MIXTO
Papel procedente de
fuentes responsables
FSC® C117695
www.fsc.org

Penguin
Random House
Grupo Editorial

Primera edición: marzo de 2022
Primera reimpresión: abril de 2022

Título original: 本を守ろうとする猫の話 (HON O MAMOROUTOSURU NEKO NO HANASHI),
por Sosuke Natsukawa

Printed in Spain – Impreso en España

ISBN: 978-84-253-5993-4
Depósito legal: B-983-2022

Compuesto en Fotoletra, S. A.

Impreso en Black Print CPI Ibérica, S. L.
Sant Andreu de la Barca (Barcelona)

GR 5 9 9 3 4

PRÓLOGO
Así comenzó todo

Para empezar, el abuelo ya no estaba.

Es una manera un tanto brusca de iniciar una historia, pero esa era la cruda realidad.

Un hecho tan indefectible como que el sol sale por la mañana y que a mediodía sientes hambre. Por mucho que fingiera que eso no estaba pasando, aunque cerrara los ojos y se tapara las orejas, el abuelo no iba a volver. Ante esa certeza incontestable, Rintaro Natsuki se había quedado petrificado y sin palabras.

A ojos de todos, podría parecer un muchacho muy tranquilo. Es más, seguro que a algunos asistentes al funeral debió de extrañarles, cuando no inquietarles, la impasibilidad de ese alumno de instituto que de repente se había quedado sin familia, de ese muchacho que permanecía en silencio en un rincón de la sala donde se celebraba la ceremonia fúnebre y miraba como pasmado la fotografía de su difunto abuelo.

Pero Rintaro no era un chico particularmente sosegado, al menos hasta ese momento. Lo que le sucedía era que no conseguía relacionar a su abuelo, tan quieto y con ese aire tan trascendental y alejado del mundo, con el concepto de la muerte, con el que estaba poco familiarizado.

Siempre había pensado que ni siquiera el dios de la muerte alteraría el día a día de su abuelo, esa monótona rutina cotidiana sin grandes cambios que transcurría con placidez, sin causarle aburrimiento ni cansancio. Y al verlo allí tumbado y sin respirar, se sentía como si estuviera presenciando una escena irreal o una obra de teatro mala.

De hecho, aun dentro de ese ataúd blanco, el abuelo le parecía el de siempre, hasta el punto de que, por momentos, como si nada hubiera pasado, Rintaro lo imaginaba levantándose de allí con su «¡Vamos allá!» habitual, poniendo a hervir el agua en la estufa de petróleo y preparándose un té con gestos expertos.

Sin embargo, a pesar de la viveza de ese recuerdo, la realidad era otra bien distinta. El tiempo pasaba, y el abuelo no abría los ojos ni asía su taza de té favorita. Estaba dentro de ese féretro con una expresión serena y, en cierto modo, solemne.

En la sala, continuaba la recitación casi somnolienta de los sutras, así como el ir y venir de los asistentes, algunos de los cuales se acercaban al chico para expresarle sus condolencias.

El abuelo ya no estaba.

Esa dura certeza iba enraizando poco a poco en el corazón de Rintaro.

—Menuda faena me has hecho, abuelito...

Ese murmullo que por fin salió de su boca no obtuvo respuesta.

Rintaro Natsuki era un estudiante de secundaria como cualquier otro.

Era más bien bajito, llevaba unas gafas bastante gruesas, tenía la tez clara y no hablaba demasiado. No era un muchacho atlético, no sobresalía en ninguna asignatura en particular y no le gustaba ningún deporte. En resumen, era un adolescente de lo más normal.

Sus padres se habían divorciado cuando era muy pequeño; después, su madre pasó a mejor vida aún joven, y cuando Rintaro comenzó la primaria su abuelo se hizo cargo de él. Desde entonces, siempre habían vivido juntos, los dos solos. Y si bien esa circunstancia peculiar debería haber hecho que se sintiera diferente, Rintaro la consideraba tan solo un aspecto más de su anodina existencia.

Pero la repentina muerte del abuelo, tan inesperada, complicaba un poco las cosas.

Una mañana de invierno especialmente fría, a Rintaro le extrañó no ver en la cocina a su abuelo, que solía levantarse temprano. Así que asomó la cabeza a la habitación de estilo tradicional, en penumbra, y lo encontró en el futón, ya sin respirar. Parecía una estatua durmiente, sin rastro alguno de sufrimiento, y el médico del barrio que acudió a la casa informó a Rintaro de que lo más probable era que el anciano hubiera fallecido a causa de un paro cardíaco súbito que no le había provocado sufrimiento alguno.

—Ha tenido una muerte plácida —dijo.

Al chico le resultó chocante unir los conceptos «muerte» y «placidez» en una misma frase, y quizá eso fue lo único que lo turbó en ese momento.

En realidad, el médico se hizo cargo de la difícil situación, tanto psicológica como práctica, en la que Rintaro se encontraba, y poco después apareció, como surgida de la nada, una parienta del chico, llegada de un lugar lejano, que dijo ser su tía. Resultó ser una mujer de buen carácter, y fue ella quien, con eficacia y diligencia, se ocupó de realizar todos los trámites, desde la obtención del certificado de defunción hasta la organización del funeral y el resto de las ceremonias.

Rintaro, que se mantenía al margen como si no acabara de asimilar la muerte de su abuelo, pensó que al menos debía mostrar un semblante triste. No obstante, la imagen de él angustiado derramando lágrimas delante de la fotografía del difunto le parecía artificial. Ridícula y falsa. Más aún, tenía claro que si el abuelo pudiera verlo esbozaría una sonrisa irónica desde el ataúd y le pediría que lo dejara estar.

Por eso Rintaro lo acompañó en silencio hasta el final.

Y, acabado el funeral, lo único que tenía delante,

aparte de esa tía que lo miraba con cara de preocupación, era una tienda.

No era que el negocio acarreara deudas, pero tampoco podía decirse que fuera una herencia de valor.

Se trataba de una pequeña librería de viejo, llamada Natsuki, que estaba en un rincón apartado de la ciudad.

—En Natsuki hay libros realmente buenos —oyó Rintaro que decía una voz masculina.

—Ah, ¿sí? —se limitó a responder, sin siquiera volver la cabeza, mientras observaba la gran estantería que tenía delante.

Ante sus ojos, desde el suelo hasta el techo, se alzaba una librería maciza con un sinfín de volúmenes.

Obras maestras de escritores de todo el mundo, de Shakespeare a Wordsworth, de Dumas a Stendhal, de Faulkner a Hemingway o Golding, lo observaban desde las alturas rezumando magnificencia y majestuosidad. Todos eran libros antiguos y usados, pero no se veían ajados, gracias, seguramente, a los cuidados que su abuelo les había dedicado día tras día, sin escatimar esfuerzos.

Justo a sus pies, una estufa de petróleo, también muy antigua, ardía con un resplandor rojizo; a pesar de las apariencias, no caldeaba como cabía esperar y en la librería hacía frío. Aun así, Rintaro sabía que el frío que sentía no era solo una cuestión de temperatura.

—Por ahora me llevaré estos dos. ¿Cuánto es en total?

Al oír que le hablaban, Rintaro volvió apenas la cabeza y entornó los ojos.

—Tres mil doscientos yenes —respondió con un hilo de voz.

—¡Qué memoria tienes! —dijo con una sonrisa Ryota Akiba, un chico que iba un curso por delante de él en el instituto.

Era un muchacho espigado con una expresión alegre en la mirada y la actitud desenvuelta de quien tiene una confianza plena en sí mismo; algo que, en él, no resultaba desagradable. De hecho, sobre esos hombros anchos y musculados, desarrollados a fuerza de entrenar con el equipo de baloncesto, se encontraba el mejor cerebro de aquel año académico. Además, era hijo de un médico del barrio y se le daban bien tantas cosas que era la antítesis de Rintaro.

—Estos también son una ganga —dijo Akiba apilando encima del mostrador cinco o seis libros más. No solo destacaba en los estudios y en el deporte, sino que curiosamente era un lector voraz y de los pocos clientes habituales—. Es una librería magnífica, de verdad.

—Muchas gracias. Tómate el tiempo que necesites para escoger lo que quieras. Estamos de liquidación por cierre.

Por el tono carente de expresividad de Rintaro resultaba difícil saber si hablaba en serio o en broma.

Akiba guardó silencio un instante.

—Qué duro lo de tu abuelo —dijo al cabo con voz apenada, y enseguida volvió la mirada hacia la estantería, como si buscara otro libro—. Y pensar que la última vez que vine, él estaba ahí, leyendo tan tranquilo. Ha sido tan de repente...

—Comparto esa sensación.

Aunque estaba de acuerdo con ese sentimiento, Rintaro lo dijo sin demostrar emoción ni empatía, como si se tratara de un mero convencionalismo.

Akiba pareció no prestarle demasiada atención y volvió la mirada de nuevo hacia Rintaro, que en ese momento observaba la parte superior de la estantería.

—Lo que no está bien es que hayas dejado de ir al instituto, así sin más, justo después de la muerte de tu abuelo. Todo el mundo está preocupado por ti.

—¿Quién es «todo el mundo»? No se me ocurre ningún amigo que pueda estar preocupado por mí.

—Vaya, eres de esos que apenas tienen amigos. ¡Qué suerte vivir sin compromisos! —soltó Akiba—. Pero tu abuelo estaría preocupado. Quizá esté tan preocupado que no pueda descansar en paz y ande deambulando por aquí. ¡A los ancianos no se les hacen esas cosas!

Eran palabras duras, pero en la voz de Akiba se percibía una inquietud afectuosa.

Quizá ese brillante estudiante de un curso superior se preocupaba por un pobre diablo como Rintaro porque se sentía vinculado a la librería Natsuki. En el instituto a menudo le hablaba amablemente, y el hecho de que hubiera ido a la librería justo cuando Rintaro pasaba por un momento tan difícil demostraba que se interesaba por él.

Akiba observó durante un rato a Rintaro, que seguía en silencio.

—Entonces, te mudas, ¿no? —añadió por fin Akiba.

—Supongo —respondió Rintaro sin apartar la mirada de la estantería—. Puede que vaya a casa de mi tía.

—¿Y dónde está?

—No lo sé. Y no solo no sé dónde vive, hasta el otro día no sabía de ella —dijo Rintaro con una voz tan neutra que resultaba difícil interpretar qué sentía.

Akiba se encogió ligeramente de hombros y bajó la mirada hacia los libros que tenía en la mano.

—Por eso estás haciendo liquidación.

—Exacto.

—Pero no hay otra librería tan bien surtida como esta... Son raras las que pueden jactarse de tener la colección completa de las obras de Proust en tapa dura. Y fue aquí donde encontré *El alma encantada*, de Romain Rolland, después de buscarlo durante mucho tiempo.

—Al abuelo le habría hecho muy feliz oír esto.

—Si siguiera vivo, haría que se sintiera todavía más feliz. Decía que era mi amigo y siempre me conseguía todos los libros que quería. Era una persona importante para mí. Y ahora me sueltas de sopetón que vas a mudarte...

Esas palabras francas y directas de Akiba no eran sino otra muestra de aprecio hacia Rintaro, pero este fue incapaz, de nuevo, de darle una respuesta adecuada. Se limitó a seguir observando fijamente las paredes de la tienda.

Allí dentro había una cantidad impresionante de libros.

A pesar de ser una librería de segunda mano, contaba con un fondo ajeno por completo a las modas y con no pocos libros descatalogados; era admirable, pero también sorprendente, que fuera un negocio rentable.

—¿Cuándo tienes pensado mudarte?

—Puede que dentro de una semana.

—Puede, quizá... ¡Siempre respondes con vaguedades!

—Es inútil hacer planes. No tengo elección.

—Bueno, quizá sea como dices, pero... —Akiba volvió a encogerse ligeramente de hombros y miró un pequeño calendario pegado junto al mostrador—. Justo dentro de una semana es Navidad. Menudo jaleo para ti, ¿no?

—La verdad es que me da igual... A diferencia de ti, yo no tengo ningún plan especial.

—Y que lo digas. Para mí es un lío conciliar tantos compromisos. Aunque fuera por una vez, me gustaría pasar la vigilia de Navidad esperando a Papá Noel solo, tranquilamente —comentó Akiba con una carcajada sonora y prolongada.

Sin embargo, la respuesta de Rintaro fue de nuevo anodina.

—Claro.

Akiba, un tanto decepcionado, dejó escapar un suspiro.

—Quizá a ti te parezca que ya no hay razón para esforzarse y seguir yendo al instituto, pero tampoco es cuestión de que desaparezcas y dejes tu vida patas arriba. Y sí que hay gente que se preocupa por ti, ¡incluso entre tus compañeros de clase!

Akiba miró el mostrador, donde había varios papeles y un cuaderno; era la agenda de asistencia al instituto de Rintaro.

No era Akiba quien se la había acercado. Acababa de llevársela la delegada de clase.

La chica se llamaba Yuzuki, Sayo Yuzuki, y vivía muy cerca de allí. Se conocían desde la escuela primaria, pero nunca habían congeniado demasiado; ella era una joven muy decidida, y Rintaro era poco hablador y *hikikomori*.*

* Término japonés usado para referirse a personas que han decidido apartarse de la vida social y vivir en condiciones de aislamiento. *(N. de la T.)*

Cuando había ido a llevarle el cuaderno, Yuzuki había dejado escapar un sonoro suspiro al verlo mirar los libros de las estanterías con aire ausente.

—Estás aquí encerrado como si nada... ¿Va todo bien?

Rintaro se limitó a inclinar la cabeza hacia un lado con aire ausente, y Yuzuki frunció el ceño.

—¿Todo bien? —repitió.

Se volvió hacia Akiba, que estaba a su lado.

—¿Y tú? ¿Seguro que has de estar aquí pasando el rato con Rintaro? ¡Los del equipo de baloncesto te buscan! —le espetó, sin mostrar ni pizca de timidez ante un estudiante mayor que ella, y se fue.

Por extraño que pareciera, a Rintaro esa actitud brusca, tan propia de Yuzuki, le parecía más natural y genuina que las atenciones y miradas compasivas que otros le dedicaban.

—Tan enérgica como siempre la delegada de tu clase.

—Es muy responsable. No tenía por qué haber venido expresamente a traerme la agenda.

Rintaro valoró aquel gesto, ya que, aunque sin duda Yuzuki había pasado por la librería porque vivía cerca, seguro que le había costado dar ese rodeo con aquel frío que congelaba el aliento.

—Te dejo todos esos por seis mil yenes —dijo poniéndose en pie.

—Para ser una liquidación, no es que sea muy barato...

—Te hago un diez por ciento. Más no puedo rebajar. Y todo son obras maestras.

—Muy típico de ti —dijo Akiba riendo. Sacó unos billetes de la cartera, cogió la bufanda y los guantes que había dejado encima del mostrador y, mientras se colgaba la mochila a la espalda, añadió—: ¡Mañana quiero verte en el instituto!

Antes de salir de la tienda, Akiba le dedicó una de sus deslumbrantes sonrisas.

De repente, la librería se había quedado en silencio. Rintaro reparó en que, al otro lado de la celosía de la puerta, el sol ya se ponía y teñía el cielo de rojo. En la esquina, la estufa, falta de petróleo, emitía un tenue silbido a modo de protesta.

Rintaro pensó que enseguida sería hora de ir al piso de arriba a preparar la cena. Ya se ocupaba él de esa tarea cuando vivía con su abuelo, de modo que no le suponía ninguna molestia.

Aun así, se quedó inmóvil durante un rato con la mirada fija en la puerta.

La luz del ocaso cada vez caía más sesgada, la estufa se había apagado y en la librería el frío se intensificaba por momentos. Pero Rintaro seguía sin moverse.

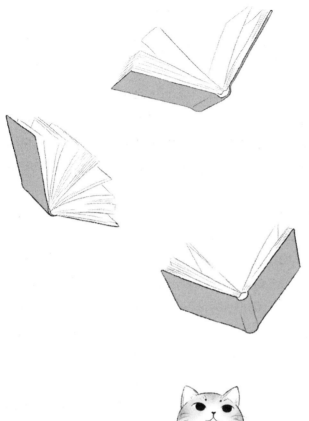

El hombre que los tenía encerrados

La librería Natsuki era una tienda pequeña que se encontraba en un lugar de difícil acceso de la ciudad.

Tenía una estructura de lo más peculiar.

Desde la entrada, un pasillo largo y estrecho se adentraba hasta el fondo del local, con las paredes revestidas por robustas estanterías que llegaban al techo y parecían observarte desde las alturas. Varias lámparas retro colgadas del techo reflejaban una tenue luz sobre el gastado suelo de madera.

El único mueble era un pequeño mostrador con una caja registradora situado más o menos en el centro, y el pasillo terminaba en una tosca pared recubierta de madera que impedía ir más allá. A pesar de esa barrera, cuando se atravesaba la luminosa puerta de la entrada la tienda aparentaba ser más profunda de lo que era en realidad, y por un instante parecía que aquel pasillo repleto de libros se extendía hasta el oscuro infinito.

La imagen del abuelo leyendo tranquilamente a la luz de una lamparita en medio de la librería estaba grabada en la memoria de Rintaro con una sombra peculiar, como un retrato de refinada simplicidad que hubiera pintado con sumo esmero un artista occidental.

«Los libros tienen poder», solía decir el abuelo.

Era parco en palabras por naturaleza, apenas charlaba con su nieto, pero si la conversación giraba en torno a los libros hablaba con pasión y entornaba más los ojos, ya de por sí rasgados.

«Solo los libros antiguos que perviven en el tiempo son realmente poderosos. Si lees muchos de ellos, tendrás un montón de amigos con los que podrás contar siempre.»

Rintaro observó de nuevo las paredes atestadas de estantes del pequeño establecimiento. Allí no se encontraban los superventas de moda, ni los manga ni las revistas más populares. En una época en que los libros se vendían a duras penas, varios clientes habituales habían mostrado su preocupación en diversas ocasiones por si la librería podría seguir adelante, pero el anciano menudo que gestionaba la tienda no tenía ninguna intención de cambiar de sitio las obras completas de Nietzsche ni la vieja antología poética de Eliot, que se encontraban al lado de la entrada, y les respondía con una ligera reverencia.

Aquel espacio que el abuelo había construido era un preciado refugio para su nieto *hikikomori*, que no encontraba su lugar en el instituto y se recluía allí a leer.

Al principio elegía los libros al azar, pero pronto se convirtió en un lector voraz y apasionado. Lo consideraba su refugio, un lugar sagrado donde se sentía seguro. Y dentro de unos días tenía que abandonarlo.

—Menuda faena, abuelito —murmuró Rintaro.

De repente, un cristalino tintineo lo devolvió a la realidad.

Sonaba la campanilla plateada que colgaba de la puerta. Anunciaba la visita de un cliente. Sin embargo, no debería haber entrado nadie, ya que en la puerta también estaba colgado el cartel de CERRADO.

En el exterior, el sol se había puesto hacía un buen rato y la oscuridad de la noche lo envolvía todo. No debía de hacer mucho desde que se había ido Akiba, pero Rintaro se dijo que quizá el tiempo había pasado sin que se diera cuenta. Pensó que había tenido una alucinación acústica y centró la atención de nuevo en las estanterías.

—¡Qué librería más lúgubre! —oyó que decía una voz, para su sorpresa.

Se volvió hacia la puerta, pero allí no había nadie.

—Con esta oscuridad, hasta una colección de libros tan extraordinaria como esta queda deslucida —añadió la voz desde el fondo de la tienda.

Rintaro miró alrededor, confundido, y no vio a una persona. Vio un gato atigrado.

Era un gato de buen tamaño con rayas amarillas y marrones. Un fabuloso pelaje jaspeado recubría la parte superior del corpulento animal, la cabeza y el lomo, pero tenía el tupido pelo del vientre y las patas de un blanco inmaculado. Sus ojos, de color jade intenso, observaban fijamente a Rintaro desde la penumbra.

Empezó a mover la cola con elegancia.

—¿Un gato? —murmuró Rintaro.

—¿Qué hay de malo en ser gato? —replicó el animal.

No había la menor duda: el gato le había contestado.

Pero Rintaro no acababa de creérselo. Haciendo gala de su habitual serenidad, cerró los ojos, contó despacio hasta tres y volvió a abrirlos.

Pelaje reluciente, cola tupida, ojos brillantes y penetrantes, y un par de orejas con forma de triángulo isósceles. Era un gato, desde luego.

Movió apenas los largos bigotes.

—¿Acaso te falla la vista, chico? —dijo sin tapujos.

—Bueno, la verdad es que... —titubeó Rintaro— muy buena vista no tengo, pero sí la suficiente para ver que delante de mí hay un gato que habla como las personas.

—Bien. —El animal asintió despacio, haciendo oídos sordos a la respuesta irónica, y se presentó—: Me llamo Tora; tigre, ya sabes.

—Yo soy Rintaro —acertó a responder el chico a pesar de todo.

—Lo sé. Eres la segunda generación de la librería Natsuki.

—¿La segunda generación? —preguntó Rintaro, desconcertado por aquella expresión con la que no estaba familiarizado—. Lo siento, pero no soy más que un *hikikomori*. El que sabía de libros era mi abuelo, pero ya no está.

—No pasa nada. Mi misión está en la segunda generación —anunció el gato en un tono casi arrogante a la vez que entornaba sus ojos de jade para observarlo fijamente. Y, de repente, soltó—: Necesito tu ayuda.

—¿Mi ayuda?

—Eso es, tu ayuda.

—Pero ¿a qué te refieres con «ayuda»?

—En cierto lugar hay un sinfín de libros encerrados.

—¿Libros?

—¡No eres un loro! Así que no repitas como un memo todo lo que digo. —Esas palabras llegaron como una bofetada. Y sin prestar atención a la expresión perpleja de Rintaro, el gato siguió hablando con la misma aspereza—. Necesito que me eches una mano para rescatar esos libros que están encerrados. Ayúdame.

Sus pupilas de jade brillaban con intensidad.

Rintaro le sostuvo la mirada durante unos instantes; después, alzó lentamente la mano derecha y se tocó la montura de las gafas.

Era el gesto que solía hacer cuando reflexionaba.

Debía de estar muy cansado…

Rintaro, que seguía con la mano en la montura de las gafas, cerró los ojos y meditó.

Sin duda estaba exhausto después de la pérdida del abuelo, a la que no se acostumbraba, y el trastorno del funeral y todo lo demás. Tenía que haberse quedado dormido, claro, y estaba soñando, se dijo. Pero cuando abrió los ojos de nuevo, descubrió que el gato continuaba sentado tan pancho delante de él.

Qué fastidio…

Ahora que lo pensaba, esos días no había hecho otra cosa que observar las estanterías y había descuidado la lectura, que tanto le gustaba. Le vinieron a la mente reflexiones triviales, como que no sabía dónde había dejado el ejemplar de *Cándido* que tenía a medio leer.

—Me parece que no me escuchas, Segunda Generación.

Oír de nuevo la chirriante voz del gato sacó a Rintaro del lodazal de sus pensamientos.

—Te lo repetiré: necesito que me eches una mano para rescatar los libros encerrados.

—En cuanto a eso… —A Rintaro le costaba escoger las palabras—. No creo que pueda serte de ayuda, lo siento. Ya te lo he dicho antes: no soy más que un estudiante de instituto y, además, *hikikomori*.

Rintaro, sentado en su silla, empezaba a tomarse en serio todo aquello, obligado por la insistencia del gato.

—No pasa nada. Sé perfectamente que eres un jovenzuelo tristón y un *hikikomori* con pocas habilidades. No obstante, mi solicitud parte de esos supuestos.

Ese gato escupía veneno como si tal cosa.

—Pues si ya sabías eso, no sé por qué vienes a pedirme ayuda precisamente a mí. Hay tantas personas que te serían más útiles que yo como estrellas en el firmamento.

—Eso es obvio.

—Además, acabo de perder a mi abuelo y estoy bastante deprimido.

—Eso también lo sé.

—Pero entonces...

—¿Acaso no te gustan los libros?

El gato interrumpió a Rintaro con delicadeza. Su tono era suave, pero su determinación no admitía réplica. Si bien el significado de sus palabras no estaba del todo claro, tenían la fuerza de una lógica que no dejaba espacio a ningún tipo de objeción.

Aquellos ojos de jade seguían clavados en Rintaro.

—Por supuesto que me gustan los libros...

—Entonces ¿por qué dudas?

El gato exponía sus ideas con más aplomo que Rintaro.

Rintaro volvió a tocarse la montura de las gafas. A su manera, se esforzaba por dar una explicación a lo que estaba ocurriendo, pero no conseguía hallar ninguna respuesta con sentido. Era una situación realmente difícil de entender.

—¡Las cosas importantes siempre son difíciles de entender, Segunda Generación! —dijo el gato como si acabara de leerle la mente—. La mayoría de las personas viven inmersas en su cotidianeidad y no perciben lo más evidente. «No se ve bien sino con el corazón. Lo esencial es invisible a los ojos.»

—Ahora sí que me dejas de piedra... —Rintaro arqueó las cejas ligeramente—. Jamás habría esperado oír una frase de *El Principito* en boca de un gato.

—¿No te gusta Saint-Exupéry?

—Al contrario. Es uno de mis autores preferidos —respondió Rintaro al tiempo que señalaba la estantería que tenía al lado—. Pero creo que su mejor libro es *Vuelo nocturno*. Y *Correo del sur* tampoco está nada mal.

—Maravilloso —dijo el gato con una amplia sonrisa.

La actitud calmada del gato despertó una especie de nostalgia en Rintaro, quizá porque, de algún modo, le recordó a su abuelo. Aunque su abuelo no era tan hablador.

—Entonces ¿me ayudarás?

Ante la insistencia del gato, el chico ladeó ligeramente la cabeza.

—¿Puedo negarme? —respondió.

—Sí, puedes —respondió el gato al instante—. Pero me llevaría una gran decepción —añadió en tono de fastidio.

Rintaro esbozó una sonrisa irónica.

De repente había aparecido un gato que decía que se llevaría una gran decepción si se negaba a ayudarlo. Nada de aquello tenía lógica. Sin embargo, Rintaro no se sentía incómodo. Quizá por la actitud comedida y el modo de hablar franco del gato.

Sí, había algo en él que en cierto modo le recordaba al abuelo.

Rintaro dirigió la mirada de nuevo hacia el gato.

—¿Qué tendría que hacer? —preguntó.

—Tan solo seguirme.

—¿Adónde?

—Tú ven conmigo.

El gato dio media vuelta de inmediato.

Avanzó sigilosamente en dirección opuesta a la puerta de la entrada, más allá de la cual el sol ya se había puesto hacía mucho, y se encaminó hacia el fondo en penumbra de la tienda. Caminaba con paso decidido delante de Rintaro. El chico lo siguió un tanto perplejo, y a los pocos pasos le sobrevino una sensación extraña de mareo.

Por mucho que la librería Natsuki era alargada, no dejaba de ser una pequeña librería de barrio y no tardabas en toparte con la pared de madera del fondo.

Esa vez, no obstante, el pasillo parecía que no tenía fin. Se diría que aquel pasillo con suelo de madera flanqueado por robustas estanterías se extendía hasta el infinito. Incluso las lámparas retro del techo iluminaban más allá de donde el chico alcanzaba a ver. En cuanto a los libros de los estantes, a partir de cierto punto solo había ejemplares que no le sonaban de nada. No eran solo ediciones normales de obras contemporáneas. En aquella maravillosa galería también había desde libros antiguos con la encuadernación tradicional japonesa, cosida a mano, hasta increíbles reliquias con cubierta de piel estampada en oro.

—¡Pero esto...! —exclamó Rintaro, atónito, sin concretar el sentido de sus palabras.

—¿Tienes miedo, Segunda Generación? —El gato apenas volvió la cabeza—. Si quieres largarte, ahora es el momento.

—Solo estoy sorprendido por la cantidad de libros que de repente hay en la tienda —murmuró Rintaro observando el fondo del pasillo infinito que tenía delante. Luego bajó la mirada hacia el gato, que estaba a sus pies, y se encogió de hombros—. Con tantísimos libros, podría quedarme aquí encerrado la mar de feliz durante una buena temporada. Tendré que pedir a mi tía que posponga el traslado.

—Eres poco ocurrente, pero la actitud es la correcta. En el mundo suceden muchas cosas absurdas, carentes de sentido. Y la mejor arma para sobrevivir en este mundo lleno de sufrimiento no es la razón ni la fuerza física, sino el sentido del humor. —Después de pronunciar esas palabras con una solemnidad propia de un filósofo de la antigüedad, el gato continuó avanzando con andares sosegados—. ¡Vamos, Segunda Generación!

Como si aquella poderosa voz lo guiara, Rintaro reanudó a su vez la lenta marcha.

En las estanterías de ambos lados había un sinfín de libros voluminosos que no había visto jamás. Un muchacho y un gato avanzaban por el misterioso pasillo envuelto en una luz pálida. Al rato, la luminosidad fue aumentando hasta que la luz resultó cegadora.

Los cálidos rayos de sol y un árbol de la seda que la brisa mecía suavemente.

Ese fue el apacible paisaje que Rintaro vio en cuanto aquella luz cegadora desapareció.

A sus pies se extendía un pavimento de piedra que relucía bajo el sol. Y si alzaba la mirada veía las ramas del gran árbol de la seda meciéndose al viento y una fina lluvia de brillantes partículas de luz. Y debajo de esa luz...

—Una puerta... —murmuró Rintaro con los ojos entornados.

Justo delante de ellos, unos escalones de piedra conducían a un magnífico portal de estilo *yakuimon*.* La

---

* Puerta de entrada con tejado de tejas por la que tradicionalmente se accedía a los recintos de templos, castillos, centros médicos o residencias grandes. *(N. de la T.)*

puerta, de una sola hoja, se veía tan pulida y reluciente que resultaba imponente. Al lado de la puerta había una placa, pero en ella no figuraba nombre alguno. Las partículas de luz que se colaban entre las ramas de los árboles brillaban sobre las oscuras tejas japonesas como gotas de rocío.

A ambos lados de la puerta comenzaba un muro liso de barro de color ocre perfectamente conservado. No había una sola hoja caída más allá del muro, y el precioso y amplio pavimento de piedra parecía extenderse, a derecha e izquierda, hasta el infinito. Por supuesto, no había ni un alma.

—¡Ya hemos llegado! —dijo el gato, a los pies de Rintaro—. Este era nuestro destino.

—¿Y los libros?

—Están encerrados.

Rintaro alzó la mirada de nuevo hacia la imponente puerta y el exuberante árbol de la seda, cuyas ramas rebosaban de flores vaporosas como borlas de algodón.

Era diciembre. El árbol, pues, no debería estar florido, pero todo aquello había escapado a la lógica desde buen comienzo, así que Rintaro concluyó que, llegados a ese punto, no valía la pena dudar de la existencia de las preciosas flores de la puerta.

—¡Menuda mansión! Solo el acceso es tan amplio ya como mi librería.

—No te dejes impresionar por las apariencias. El

mundo está lleno de personas que viven en lugares con una entrada deslumbrante y luego el edificio en sí es penoso.

—Como alumno de instituto que soy, con la fachada y el interior que dan pena, ya me conformaría con tener la apariencia de esa puerta.

—Es la última vez que te quejas de naderías. Si no logras liberar los libros, no podrás salir de este laberinto.

Ante esa inesperada advertencia, Rintaro se quedó sin palabras.

—Pero... ¡Eso no me lo habías dicho!

—¡Claro que no! Si te lo hubiera dicho, no habrías venido, ¿a que no? En este mundo hay muchas cosas que es mejor no saberlas.

—Eso no está bien.

—¿No está bien? Pero si te pasabas el día sentado, deprimido y con cara de bobo... ¡No tenías nada que perder!

Esas palabras francas y lacerantes rozaban la mala educación. Quizá se había pasado de la raya.

Rintaro observó el cielo despejado durante unos instantes.

—No tengo intención de maltratar a los animales... —murmuró. Se recolocó las gafas con suavidad y añadió—: Pero me están entrando unas ganas tremendas de agarrarte por el pescuezo y sacudirte con todas mis fuerzas.

—Maravilloso. ¡Esa es la actitud! —respondió con aplomo el gato, y empezó a subir los escalones de piedra que tenían ante ellos.

Había cinco hasta la puerta. Rintaro se apresuró a seguirlo.

—Solo por curiosidad… Si no pudiera volver, ¿qué pasaría?

—Pues… Supongo que bordearías eternamente este larguísimo muro. Pero eso no ha ocurrido nunca, así que la verdad es que no tengo ni la más remota idea.

—¡Menudo fastidio! —exclamó Rintaro, exasperado, a la vez que alzaba la mirada hacia la enorme puerta de madera—. ¿Y bien? ¿Qué debo hacer?

—Tienes que hablar con el propietario de esta mansión.

—¿Y luego?

—Si cede después de la conversación, se acabó.

—¿Solo eso? —preguntó Rintaro arqueando las cejas.

—No. Hay algo más —dijo el gato en tono solemne, recreándose—. Tienes que tocar el timbre.

Rintaro lo hizo al instante.

Al otro lado de la puerta los recibió una mujer preciosa vestida con un sencillo quimono de color añil. Por sus ademanes serenos, uno habría pensado que era mayor, pero resultaba difícil adivinar qué edad tenía. La rodeaba un aura de frialdad, mantenía la mirada baja y costaba desentrañar lo que pasaba por su mente, pero, con la horquilla roja que llevaba en el moño y la tez blanca como la porcelana, parecía una delicada muñeca japonesa.

Rintaro, totalmente cohibido, perdió el entusiasmo inicial.

—¿Qué queréis? —preguntó la mujer en un tono de voz carente de emoción.

—Queremos ver al propietario —respondió el gato, pues Rintaro continuaba perplejo.

La mujer volvió su inexpresiva mirada hacia el animal, que estaba a sus pies.

Rintaro se estremeció, pero la mujer respondió al gato como si fuera lo más normal del mundo:

—Mi esposo es una persona muy ocupada. Esto de venir así, sin avisar...

—Se trata de un asunto muy importante —la interrumpió el gato sin titubear—. Y, además, muy urgente. Nos gustaría que se lo dijera.

—Todos los días viene a verlo gente con asuntos urgentes e importantes. Tiene mucho trabajo. Participa a menudo en programas de televisión y radio, y siempre está atareado. No puede atender una visita de improviso. Volved en otro momento.

—¡No tenemos tiempo!

Al oír la vehemencia del gato, la mujer del quimono se detuvo.

—Este chico ha venido a hablarle sobre un asunto

de extrema seriedad con relación a los libros. Si le dice eso a su marido, seguro que cambiará de parecer.

Ante la insistencia del gato, la mujer se quedó en silencio un instante, al cabo del cual les pidió que aguardaran un momento. Y, después de hacer una sutil reverencia, se adentró en la mansión.

Rintaro se volvió hacia el gato con expresión atónita.

—¿Quién se supone que tiene que hablar sobre «un asunto de extrema seriedad»?

—No te fijes en los detalles. Me he marcado un farol, ya está. Lo que importa es encontrarnos con él. Una vez que estemos dentro, ya pensarás en lo que vayas a decirle.

—¿En serio...? —farfulló Rintaro, todavía indeciso, y luego espetó—: ¡Vaya consuelo!

Al poco rato, la mujer apareció de nuevo e hizo otra sutil reverencia hacia Rintaro y el gato.

Su voz carente de emoción resonó en la entrada:

—Pasad, por favor.

Traspasado el portal, entraron en la mansión más impresionante que Rintaro había visto jamás. Avanzaron por el elegante pavimento de piedra, deslizaron la puerta corredera de la entrada principal y se quitaron los zapatos en el espacioso *tataki*.* Pasaron por un pasillo

* Zona de la entrada de las casas japonesas donde uno se quita los zapatos. (N. de la T.)

con el suelo de madera pulida, después, por una veranda iluminada por el sol y, finalmente, por otro pasillo que conducía a un edificio adyacente.

Desde el pasillo se veía un inmenso jardín japonés tradicional con un estanque en el centro, árboles en los que gorjeaban ruiseñores y azaleas perfectamente podadas y en plena flor. Allí también parecía que la estación del año era otra.

—¿No decías que aunque la entrada fuera deslumbrante el edificio era penoso?

—Lo dije a modo de ejemplo. ¡No seas tiquismiquis!

Mientras Rintaro y el gato hablaban, la mujer los guiaba sin intervenir en la conversación. A medida que la seguían, el entorno empezó a cambiar gradualmente, y el aspecto de aquella mansión de estilo tradicional japonés comenzó a tornarse un tanto extraño.

El pasillo de madera se convirtió de repente en una escalinata de mármol, y, abajo, en el inmenso jardín de ensueño que se veía desde la espléndida barandilla de estilo chino, destacaba una suntuosa fuente con estatuas de mujeres desnudas. Al otro lado de los *fusuma*,* decorados con pinturas que representaban un bosque de bambús, se abría un salón, iluminado por una lámpara de araña, con una mesita de estilo *art déco* enci-

---

* Paneles a modo de puertas correderas que se usan para separar o abrir el espacio en una estancia. *(N. de la T.)*

ma de la cual había un jarrón historiado con colores vistosos.

—No sé por qué, pero me está dando dolor de cabeza.

—A mí también —convino el gato, extrañamente de acuerdo con Rintaro por una vez.

—Da la sensación de que han puesto objetos de todo el mundo sin ton ni son.

—Parece que hay de todo, pero en realidad no hay nada —añadió el gato, como si mantuviera con el chico un diálogo zen—. Todo esto carece de filosofía, ideología o gusto. Por fuera parecía lujoso, pero al mirar dentro descubres únicamente una mezcolanza de cosas prestadas de aquí y de allá. Solo puede definirse como el *summum* de la pobreza.

—Tampoco es para tanto...

—La verdad es la verdad. Y en el mundo actual es muy común, se ve a diario.

—Esta mansión... —La mujer, que caminaba delante de ellos, interrumpió al gato con delicadeza—. Esta mansión se ha decorado de acuerdo con la vasta experiencia y el profundo conocimiento de su propietario. Es posible que a nuestros visitantes les resulte difícil de entender todavía.

Por un instante, Rintaro pensó que la mujer bromeaba, pero, como iba delante, no pudo verle la cara. En todo caso, su tono de voz no destilaba el menor rastro de humor.

Continuaron avanzando en medio de esa atmósfera extrañamente tensa que se había creado.

Otro pasillo, más escaleras y otra galería. La distancia que recorrían no era normal. Conforme avanzaban, seguían viendo objetos decorativos combinados según un criterio que no alcanzaban a comprender: esculturas de marfil, cuadros pintados a la tinta china, un busto de Venus, espadas japonesas... La dirección en la que iban cambiaba sin motivo aparente, y eso, sumado al caótico escenario, les hizo perder por completo la noción del espacio.

La mujer volvió la cabeza en varias ocasiones para mirarlos por encima del hombro y preguntarles si todo iba bien, pero Rintaro y su acompañante no tenían más opción que seguir adelante.

—Si me dijeran ahora que regresara, no sabría encontrar la salida.

—No te preocupes, Segunda Generación —dijo el gato. Alzó la mirada hacia Rintaro y añadió—: ¡Yo tampoco sabría!

El gato se mostraba ampuloso incluso cuando decía las cosas más simples.

Por fin el largo recorrido terminó.

Tras avanzar por un pasillo con moqueta roja, la mujer se detuvo delante de unos *fusuma* decorados con cuadrados.

—Gracias por vuestra paciencia —les dijo y, con un gesto delicado, posó la mano en la puerta corredera.

Esta se deslizó con suavidad al instante, y Rintaro echó un vistazo de manera instintiva al espacio que se abrió ante sus ojos.

Era una sala inmensa, con las paredes, el suelo y el techo totalmente blancos.

Aun obviando el hecho de que semejante blancura hacía perder la sensación de profundidad, la amplitud del espacio era inusual. El techo era tan alto como el de un gimnasio de instituto y, salvo por la pared del fondo, la sala parecía prolongarse en todas las direcciones sin que se viera el final, de modo que era imposible imaginar su extensión.

Ese enorme espacio inmaculado estaba repleto de vitrinas, también blancas, dispuestas ordenadamente. Eran más altas que Rintaro y formaban decenas y decenas de hileras, pero era imposible ver hasta dónde llegaba siquiera la que uno tenía delante.

Sin embargo, dejando de lado la inusual extensión de vitrinas, lo que más sorprendió a Rintaro fue que lo único que contenían eran libros.

Todas las vitrinas tenían estantes atestados de libros dispuestos en horizontal, y se extendían más allá de donde alcanzaba la mirada. A pesar de que no era posible determinar cuántos volúmenes había, a juzgar por lo que se veía no cabía duda de que era una colección fuera de lo común.

—Es increíble... —murmuró Rintaro, sobrecogido, mientras caminaba por delante de los estantes protegidos tras puertas de cristal.

Los libros eran de lo más variado, tanto por la temática como por la época.

Literatura, filosofía, poesía, epistolarios, diarios... Aquel espacio inmenso estaba repleto de libros de todos los géneros en una cantidad y calidad abrumadora. Además, todos eran preciosos, no tenían ni la más mínima imperfección; parecían nuevos. En pocas palabras, aquello solo podía definirse como una maravilla.

—Nunca había visto una colección de libros tan increíble...

—Es un honor recibir tales alabanzas —dijo una voz profunda desde más allá de las vitrinas.

Rintaro regresó hasta la entrada.

—¡Estoy aquí! —lo guio la voz.

El chico echó a andar siguiendo los estantes al tiempo que miraba entre ellos. Cuando había contado más de una decena de hileras, se encontró delante de un hombre alto sentado en una butaca blanca. Aquel hombre de gran estatura llevaba un traje blanco casi tan resplandeciente como el suelo. Estaba sentado en una pequeña butaca giratoria, con las piernas cruzadas y la mirada fija en el gran libro que tenía en el regazo. Las vitrinas que había más allá de donde se hallaba no contenían ningún libro todavía. Así pues, debía de estar en las profundidades de aquella gran biblioteca.

—¡Bienvenidos a mi despacho! —dijo el hombre, que había alzado ligeramente la cabeza para mirar a Rintaro.

41

Su sonrisa amable contrastaba con su mirada penetrante, pese a lo cual combinaban maravillosamente en aquel individuo de apariencia y maneras refinadas.

Rintaro recordó que la mujer había mencionado que colaboraba en programas de radio y televisión. Un trabajo que encajaba a la perfección con el aspecto de aquel personaje.

—A primera vista, parece una persona inteligente.

—No te dejes intimidar ya de comienzo. ¡No bajes la guardia! —recriminó el gato a Rintaro por su inapropiado comentario.

El hombre paseó su penetrante mirada rápidamente de uno a otro.

—¿Eres tú el que venía a hablarme sobre «un asunto de extrema seriedad» relacionado con los libros? —preguntó a Rintaro.

—Sí... —respondió el chico.

Al oír esa respuesta tan poco entusiasta, en los ojos del hombre relució un destello de frialdad.

—Lo lamento, pero soy una persona muy ocupada. No tengo tiempo para dedicarme a conversar con un muchacho que aparece de repente y se queda ahí pasmado sin saludar ni presentarse.

—Lo siento. Me llamo Rintaro Natsuki —dijo el chico, corrigiendo su actitud, e hizo una leve reverencia—. Disculpe las molestias.

—Está bien —se limitó a responder el hombre y, entornando los ojos, añadió—. De acuerdo, háblame de ese asunto de extrema seriedad. Si se trata de algo importante relacionado con los libros, no puedo decir que no me interese.

De repente, Rintaro se encontró metido en el meollo de la cuestión y no supo qué decir. No tenía ningún asunto importante que tratar. Miró al gato a toda prisa y este movió relajadamente los bigotes.

—Hemos venido a liberar los libros.

El hombre entornó todavía más los ojos y bajó la mirada hacia el gato. Del fondo de sus pupilas surgió un brillo despiadado e intimidatorio.

—Como acabo de deciros, soy una persona muy ocupada. Tengo infinidad de compromisos: apariciones en la radio y la televisión, conferencias, artículos... Y entre todas esas ocupaciones, cuando consigo encontrar un rato, leo libros de todo el mundo. Disculpad que hable sin tapujos, pero no tengo tiempo para cháchara.

Tras suspirar profundamente, dirigió una mirada ostentosa a su reloj de pulsera.

—Ya he perdido dos preciosos minutos. Si habéis terminado, podéis regresar por donde habéis venido.

—No hemos terminado.

El hombre, molesto por la insistencia del gato, le dirigió una mirada torva.

—Ya os he dicho que soy una persona muy ocupada —repitió—. De los cien libros que tengo que leer, solo he leído sesenta y cinco. ¡Volved a casa!

—¡¿Cien libros?! —exclamó Rintaro impulsivamente—. ¿Lee cien libros al año?

—Al año no, al mes. —El hombre pasó una página del libro que tenía sobre el regazo exagerando el gesto—. Por tanto, tengo mucho que hacer. Os he recibido porque pensaba que lo que pudierais contarme me resultaría útil de algún modo, pero me he equivocado. Si seguís molestándome, me veré obligado a echaros por la fuerza. Y una vez que hayáis salido de esta habitación, no será asunto mío si llegáis o no llegáis sanos y salvos hasta la salida.

Esas últimas palabras tenían un algo siniestro, y un escalofrío recorrió la espalda del chico.

De repente, quedaron sumidos en el silencio; lo único que se oía era el crujido seco de las páginas que el hombre pasaba. El gato le dirigió una mirada inquietante, pero, naturalmente, el hombre no se inmutó. Tenía los ojos fijos en el libro, como si hubiera olvidado por completo que estaban allí.

En esa fría atmósfera en la que no había nada a lo que aferrarse, la mirada de Rintaro buscó refugio por instinto en los estantes. Los libros eran de géneros y épocas muy diversos, pero parecían haberse colocado al buen tuntún. No se trataba únicamente de libros al uso, pues también había revistas, mapas y diccionarios expuestos sin ningún rigor de clasificación o criterio temático.

En la librería Natsuki también había volúmenes fuera de lo común, pero al menos se percibía, de algún modo, la filosofía propia del abuelo. Por el contrario, en las estanterías que ahora tenía ante él parecía imperar el orden y, sin embargo, reinaba el caos.

Mientras seguía oyéndose el crujido de las páginas conforme el hombre las pasaba, Rintaro se atrevió a hablar.

—¿Ha leído la obra completa de Nietzsche? —El chico observaba la estantería que se encontraba justo detrás de él. Dentro de la vitrina estaban todas sus obras maestras, desde un ejemplar de la primera edición de *Así habló Zaratustra* hasta su epistolario—. A mí me gusta Nietzsche.

—En este mundo hay un sinfín de personas que dicen que les gusta Nietzsche —respondió el hombre sin levantar la mirada del libro—. Pero quienes lo afirman después de haber leído realmente sus libros pueden contarse con los dedos de una mano. Conocen unos cuantos aforismos sencillos o algunos resúmenes desustanciados, y se invisten de doctos en Nietzsche como si fuera un abrigo a la moda. ¿No serás tú uno de esos?

—«Los eruditos que no hacen más que hojear libros acaban perdiendo la habilidad de pensar. Cuando no leen, no piensan.»

Al oír esas palabras de Rintaro, el hombre alzó poco a poco los ojos del libro.

—En realidad —se apresuró a añadir el chico—,

Nietzsche era un tipo despreciable, ¿no cree? Por eso me gusta.

El hombre se quedó quieto y observó a su interlocutor, a quien hasta entonces no había considerado digno de interés. Su mirada seguía siendo desdeñosa y fría, pero había en sus ojos un destello de curiosidad.

Al final, cerró con su blanca mano el libro que tenía en el regazo.

—De acuerdo. Te concederé un ratito.

Dio la impresión de que aquella atmósfera tan tensa y fría se aligeraba un poco.

El gato miró al chico con cierta sorpresa, pero esta vez Rintaro no podía hacerle caso. Se sentía presionado porque el hombre lo observaba de nuevo y, para ahuyentar el impulso de salir corriendo, alzó la voz y dijo:

—He oído que tiene muchos libros encerrados. Por eso he venido.

—No te formes una opinión de las cosas a partir de comentarios. Obsérvalas con tus propios ojos. Simplemente, leo libros y, una vez leídos, los conservo aquí con sumo cuidado.

—¿Una vez leídos? ¿Quiere decir que ha leído todos los libros que hay en esta sala?

—Por supuesto. Mira... —dijo el hombre, y con un movimiento del brazo abarcó aquel espacio enorme—. Desde la vitrina de al lado de la puerta por la que habéis entrado hasta donde estoy, hay un total de cincuenta y siete mil seiscientos veintidós libros. Son los que he leído hasta hoy.

—Cincuenta y sie...

Al ver que Rintaro se quedaba sin palabras, en el rostro del hombre se dibujó un amago de sonrisa.

—No tiene nada de sorprendente. Los intelectuales como yo, los líderes de nuestro tiempo, debemos consolidar nuestros conocimientos y forjar nuestros principios filosóficos leyendo gran cantidad de libros. Dicho en otras palabras, esta gran variedad de obras son mi sustento. Son mis preciados compañeros. Por eso me he quedado perplejo ante vuestras falsas y ridículas acusaciones.

Cruzó las largas piernas despacio y miró a Rintaro con arrogancia. Su inquebrantable confianza en sí mismo y su abrumador amor propio ejercían en el chico una especie de presión silenciosa. Aun así, Rintaro se sobrepuso porque, más allá de esa sofocante sensación de opresión, se sentía consternado.

—Pero tener los libros de esta manera...

Las estanterías estaban cerradas con puertas de vidrio y, por si eso no bastaba, en los pomos colgaba un candado.

Rintaro aún no tenía del todo claro a qué se había referido el gato cuando dijo que los libros estaban «encerrados», pero sí sabía que ese no era el modo habitual de guardarlos. Resultaba bonito, pero asfixiante.

—... no es natural.

El hombre frunció el ceño.

—Estos libros son importantes para mí. Podría decirse que los amo. ¿Qué hay de antinatural en el hecho de que guarde bajo llave semejante tesoro?

—Es que, más que libros, parecen obras de arte. Y, aunque sean sus libros, con esos suntuosos candados debe de costarle sacarlos.

—¿Sacarlos? ¿Para qué querría sacarlos? Si ya los he leído...

El hombre volvió a fruncir el ceño, si bien el más asombrado de los dos era Rintaro.

—Pero un libro no termina una vez leído. Puede releerse.

—¿Releerse? ¿Acaso eres tonto? —Esas palabras, casi escupidas por el hombre del traje blanco, retumbaron en el aire. Señaló la vitrina con su largo dedo—. No has prestado atención a nada de lo que he dicho, ¿verdad? Estoy muy ocupado leyendo libros nuevos todos los días. Ya me cuesta cumplir con mi cuota mensual, así que no me queda tiempo para volver a leer los libros que ya he leído.

—¿Nunca los relee?

—¡Pues claro que no!

Rintaro se quedó de nuevo sin palabras, y el hombre negó con la cabeza como si estuviera profundamente decepcionado.

—Quiero pensar que tu estupidez guarda relación, por fuerza, con tu juventud. Si no lo creyera así, me desesperaría la inutilidad de estos tres minutos de conversación. ¿Lo has comprendido? En el mundo hay montones de libros. En el pasado se han escrito infinidad de obras, y se crean más en la actualidad. ¡Es imposible tener tiempo para leer otra vez las que ya has leído! —clamó con vehemencia.

Sus palabras resonaron en la enorme sala. Rintaro notó una desagradable sensación de mareo, como si perdiera el equilibrio.

—El mundo está lleno de seres humanos que dicen ser lectores. Pero las personas que se hallan en una posición como la mía deben leer más libros. Es más valioso quien ha leído diez mil que quien ha leído mil. Habiendo tantos libros, releer uno sería una pérdida de tiempo. ¿Lo entiendes?

Los ojos entornados del hombre refulgieron con un destello tan afilado como una espada. Era el brillo de una seguridad en sí mismo desmedida, rayana en la locura.

Rintaro lo observaba en silencio, pero no porque estuviera aterrorizado, sino, simplemente, porque se había quedado estupefacto.

No era que las palabras del hombre sonaran disparatadas. Aunque cada una de sus frases parecía inconsistente por sí sola, juntas conformaban una argumentación sólida. Encerraban una lógica, y el hecho de que aquel hombre se mostrara tan seguro y orgulloso de sí mismo daba coherencia a su discurso.

«Los libros tienen poder.»

Eso era lo que decía a menudo su abuelo. Y el hombre que tenía ante él había comentado que eran su sustento. Sus palabras venían a confirmar, pues, que los libros eran poderosos.

Rintaro se llevó la mano derecha a la montura de las gafas. Tenía la sensación de que algo no encajaba. En las palabras de aquel hombre había algo que chirriaba.

De haber estado allí su abuelo, tal vez habría disipado sus dudas con su habitual voz calmada.

—Soy una persona muy ocupada —repitió el hombre a la vez que hacía girar despacio la butaca para volverse hacia la vitrina. Abrió de nuevo el libro que tenía en el regazo y alzó la mano derecha para indicarles la salida—. Ya podéis iros.

Rintaro no supo qué decir. Incluso el gato mantuvo un silencio opresivo.

Como si hubiera perdido cualquier interés por ellos, el hombre empezó a pasar las páginas del libro con un crujido seco que resonaba en la inmensa sala blanca. Entonces se oyó otro sonido seco. Era el ruido de los paneles blancos de la puerta corredera al abrirse. Al contrario que a su llegada, al otro lado de los *fusuma* no había nadie para guiarlos; tan solo los aguardaba una envolvente y espesa oscuridad. Rintaro sintió un escalofrío que lo hizo temblar.

—Piensa algo, Segunda Generación —dijo el gato de pronto—. Su fortaleza reside en la verdad de las palabras.

—¿La verdad?

—¡Eso es! En este laberinto, el poder de la verdad es lo que cuenta. Y si le añades convicción, por distorsionada que esté la verdad, no es fácil rebatirla. Pero no todo es cierto por fuerza. —El gato avanzó un paso con lentitud—. Sin duda ha de tener un punto débil. Es elocuente, pero no posee la verdad absoluta. Seguro que en su discurso hay algo falso.

—Algo falso...

De repente notaron un ligero movimiento en el aire, y Rintaro volvió la cabeza hacia la puerta.

El viento soplaba en la densa oscuridad. No, más bien la penetraba. Se levantó un viento suave que parecía querer succionarlos y, poco a poco pero con firmeza, adquirió vigor. Se dirigía hacia el vórtice de un remolino misterioso que se había formado en aquel vacío.

Rintaro sintió que un escalofrío le recorría la espalda. Volvió la mirada hacia el hombre y vio que seguía inmerso en la lectura del grueso libro como si no pasara nada. Debía de faltarle poco para terminarlo. Prácticamente estaba llegando al final. Y una vez que hubiera acabado de leerlo lo pondría en una de las magníficas vitrinas, y sería otro objeto más de los que embellecerían esa caótica biblioteca. Lo guardaría bajo llave y jamás volvería a tenerlo en las manos.

En efecto, allí los libros estaban encerrados.

En medio de aquel viento que empezaba a ulular, el

gato dijo algo, pero Rintaro no respondió. Su atención seguía puesta en la inconmensurable cantidad de libros que se extendían más allá de su campo de visión.

—Hay algo falso, sí —murmuró.

El hombre sacudió los hombros.

—¡Hay algo falso, sí! —repitió el chico, pero esta vez alto y claro.

El hombre volvió la cabeza despacio y clavó los ojos en él. Lo fulminó con la mirada, pero Rintaro no se amilanó.

—Miente. Ha dicho que ama los libros, pero no es verdad.

—Qué gracioso. —La reacción del hombre fue tan rápida que resultó artificiosa—. Oye, chico... Antes de que me enfade en serio, hazme el favor de marcharte con ese mamarracho de gato.

—¡Usted no ama los libros! —insistió Rintaro, y lo desafió con la mirada.

El hombre pareció dudar un instante.

—¿En qué te basas para...?

—¡Basta con mirar a su alrededor! —La voz de Rintaro resonó con una fuerza inusitada. Incluso él se extrañó. Pero las palabras siguieron fluyendo de su boca con naturalidad—. Es incuestionable que aquí hay una cantidad extraordinaria de libros, de una variedad de géneros y temas fuera de lo común, entre los cuales hay preciosos libros antiguos que en mi vida había visto. Pero eso es todo.

—¿Cómo que eso es todo?

—Por ejemplo, estos diez volúmenes de la trilogía de Dumas... —Rintaro señaló diez libros bellamente encuadernados que estaban alineados con pulcritud en la vitrina de su derecha. La obra magna de Alexandre Dumas estaba encerrada allí, con los títulos impresos en oro sobre una pulcra cubierta blanca, espléndida—. En pocas ocasiones puede verse toda junta, pero cuesta creer que se hayan abierto. Son voluminosos, y hay que leerlos con sumo cuidado porque podrían arrugarse con facilidad. Sin embargo, estos están tan impecables que se diría que acaban de llegar.

—¡Para mí los libros son un tesoro! Los leo uno por uno detenidamente, y cuando he terminado los pongo aquí con delicadeza. Para mí es un hábito, pero también un placer.

—Entonces ¿por qué no tiene el volumen undécimo?

El hombre arqueó ligeramente las cejas.

—Las novelas de D'Artagnan son once tomos. Aquí falta el último, *Adiós a las armas*.

El hombre se quedó sumido en el silencio, inmóvil como una estatua.

Rintaro, no obstante, señaló a su derecha y prosiguió.

—Ahí hay dos volúmenes de *Jean-Christophe* de Romain Rolland, pero originariamente eran tres. Y en *Las crónicas de Narnia* también falta el volumen de

El caballo y el muchacho. Me sorprende que alguien que afirma que los libros son para él un tesoro los guarde con tan poco rigor. O sea, parece que las obras estén completas, pero cuando miras de cerca este estante, por ejemplo, te das cuenta de que no es así —concluyó Rintaro en tono sosegado, y alzó la mirada hacia el techo de la inmensa sala.

El viento no soplaba ya con tanta intensidad.

—En estas vitrinas no guardo los libros importantes. Tan solo exhibo en ellas los libros que he adquirido.

Rintaro reflexionó un instante y, después, dirigió la mirada hacia el hombre de nuevo.

—Las personas que aman los libros no los tratan así.

A Rintaro le vino a la mente la imagen del rostro de su abuelo mientras pasaba las páginas de un libro tranquilamente. Releía los libros importantes una y otra vez hasta que casi se deshacían, y sonreía, lleno de satisfacción, cuando por fin se sumergía en sus historias.

El abuelo cuidaba muy bien los libros que tenía en la tienda, pero su propósito no era exhibirlos. El espacio que había creado no era bonito ni lujoso, sino más bien vetusto, pero estaba tan bien cuidado que sentías ganas de alargar la mano hacia las estanterías. De ahí que Rintaro hubiera tenido acceso a muchas obras.

En una ocasión, mientras se ocupaba de sus estanterías, el abuelo había pronunciado una frase que caló en el chico.

—Leer muchos libros es bueno, pero no te confundas.

Rintaro había citado las palabras de su abuelo sin darse cuenta, pero el hombre del traje blanco se limitó a hacer un leve movimiento. En medio de aquel silencio tenso, el chico fue recordando poco a poco las palabras de su abuelo.

—Los libros tienen mucho poder —prosiguió—. No obstante, ese poder será siempre de los libros, no tuyo.

Hacía ya mucho tiempo de esas frases del abuelo.

En aquel entonces Rintaro solía faltar al colegio y se pasaba el tiempo rebuscando en las estanterías de la librería Natsuki. Como no le gustaba ir a clase, se refugiaba entre aquellas paredes hechas de libros, hasta que gradualmente fue perdiendo el interés por el mundo exterior y se sumergió, en cuerpo y alma, en el mundo de las letras. El abuelo, por lo general parco en palabras, solía dar consejos a su nieto.

«Si no haces más que leer libros con tanta avidez, tu visión del mundo será muy limitada. Por muchos conocimientos que reúnas, si no piensas con tu propia cabeza y no caminas con tus propios pies, todo lo adquirido será en vano», le había dicho en una ocasión.

Al ver que Rintaro agachaba la cabeza después de oír esa retahíla de palabras complicadas, el abuelo se lo había quedado mirando con expresión seráfica.

«Los libros no vivirán la vida por ti. El lector voraz que se olvida de caminar con sus propias piernas acaba siendo como una enciclopedia repleta de conocimientos obsoletos. A menos que alguien la abra, será solo una antigualla inútil.»

El anciano le había revuelto el pelo con ternura y había añadido: «¿Acaso quieres acabar siendo una simple enciclopedia con piernas?».

Rintaro no recordaba qué había contestado a aquella pregunta que tan sosegadamente el abuelo le había formulado.

Sin embargo, al poco tiempo empezó a asistir al colegio de nuevo, aunque seguía encerrándose en el mundo de los libros en cuanto tenía ocasión. Entonces su abuelo, mientras daba sorbos a la taza de té que tenía en las manos, solía decirle: «Leer es bueno. Pero cuando termines de leer, será el momento de moverte».

Aunque tarde, Rintaro se daba cuenta ahora de que esas palabras habían sido el torpe intento de su abuelo de guiarlo y alentarlo de la mejor manera posible.

—Pero yo... —empezó a decir de repente el hombre del traje blanco—. Yo me he creado la posición de la que disfruto acumulando todos estos libros. Cuantos más hay, mayor es el poder que fluye de ellos. He llegado hasta aquí gracias a ese poder.

—¿Y por eso los exhibe encerrados bajo llave, como si el poder de los libros le perteneciera solo a usted?

—Pero ¿qué dices?

—Ha dispuesto esta desorbitada cantidad de hileras de vitrinas para que la gente sepa que los ha leído todos, que es un hombre excepcional.

—¡Cállate!

El hombre ya no estaba sentado tranquilamente con las piernas cruzadas. Ya no observaba el libro que tenía abierto en el regazo, sino que miraba a Rintaro con expresión seria.

—¿Qué sabrá un crío como tú? —Unas gotitas de sudor brillaban ahora en su frente—. En este mundo se respeta más a la persona que ha leído diez libros que a la que ha leído diez veces el mismo libro. Lo que importa en esta sociedad es haber leído muchos libros. ¿No es eso lo que atrae y fascina más a la gente? ¿Acaso me equivoco?

—No tengo ni idea de si se equivoca o tiene razón. Yo estoy hablando de otra cosa.

—¿De qué?

El hombre parecía confundido.

—No estoy hablando de lo que quiere la sociedad ni de quién merece más respeto.

—Entonces... ¿de qué hablas?

—De que usted no ama los libros. Usted se quiere a sí mismo, no quiere a los libros. Ya se lo he dicho antes: las personas que aman los libros no los tratan así.

De nuevo se hizo un profundo silencio.

El hombre permaneció sentado en la butaca con las manos sobre el libro que tenía abierto en el regazo, estupefacto. Si hasta ese momento rebosaba arrogancia, ahora se lo veía empequeñecido.

Incluso el leve viento que soplaba hasta hacía poco

amainó, y reinaba una calma absoluta. Detrás de ellos, los *fusuma* que se habían abierto un rato antes se habían cerrado sin que se dieran cuenta.

—A ti... —empezó a decir el hombre después de un prolongado silencio, pero no continuó. Solo después de otra pausa volvió a hablar, como si por fin hubiera encontrado las palabras adecuadas—. ¿A ti te gustan los libros?

Rintaro se quedó perplejo. Pero no por esa pregunta inesperada, sino porque en la mirada del hombre del traje blanco advirtió un destello de sinceridad. Era una luz profunda que desprendía deferencia, soledad y aflicción, que no tenía nada que ver con la actitud fría y despótica que había mostrado hasta entonces.

—Así pues... ¿te gustan los libros?

Ese «así pues» llevaba implícitos varios significados, y Rintaro los consideró todos antes de contestar.

—Me gustan —aseveró al fin.

—A mí también.

De repente le pareció que la voz del hombre se había suavizado. Abandonada la frialdad desdeñosa de la que había hecho gala hasta entonces, incluso destilaba cierto aire de nobleza.

En ese instante, a Rintaro lo sorprendió un murmullo brusco, como si soplara la brisa de nuevo.

Miró alrededor y vio que la enorme sala estaba cambiando.

Desde el ángulo donde se hallaba, las hileras de

magníficas vitrinas alineadas con tanto esmero y orgullo se derrumbaban poco a poco, como castillos de arena que el viento derribara. Y, uno a uno, todos los libros expuestos en los estantes se elevaron en el aire como pájaros que batieran las alas.

—A mí también me gustan los libros.

El hombre del traje blanco cerró con suavidad el libro que tenía en el regazo, se lo acomodó debajo del brazo y se levantó. Mientras se ponía en pie, las estanterías que tenía ante sus ojos se desmoronaban y un sinfín de libros alzaba el vuelo cual enorme bandada de pájaros migratorios. Poco después, hasta donde abarcaba la vista había libros que se marchaban volando en todas las direcciones.

El hombre dirigió una mirada serena a Rintaro, que se había quedado mudo de asombro.

—Eres implacable, muchachito —le dijo.

—Yo solo...

El hombre lo interrumpió alzando la mano derecha. Volvió la cabeza hacia un lado al tiempo que esbozaba una sonrisa irónica.

—Qué huéspedes tan problemáticos me has traído...

Rintaro vio que se dirigía a la mujer del quimono, que de pronto se encontraba al lado del hombre como surgida de la nada. Cuando los había guiado por la mansión, su semblante era tan inexpresivo como una máscara del teatro *nō*; ahora, sin embargo, mostraba una sonrisa tímida.

—No es necesario que les muestres el camino hasta la salida. Estoy seguro de que sabrán encontrarlo solos —dijo el hombre.

Sus palabras resonaron entre el aleteo de los libros.

La mayoría de las vitrinas ya se habían convertido en polvo, y una luz pálida lo envolvía todo mientras los libros continuaban surcando aquel espacio de un blanco inmaculado.

El hombre dirigió la mirada hacia su reloj de pulsera.

—Bien…, os he dedicado mucho tiempo, pero ha sido un rato precioso y lo he disfrutado como nunca. Gracias —dijo con semblante sonriente, y cogió el sombrero blanco que la mujer le tendía—. Señores… —se limitó a añadir y, acto seguido, se puso el sombrero y se dio la vuelta lentamente.

La mujer se inclinó con delicadeza hacia Rintaro, y todo a su alrededor se fundió en una luz blanca.

A las siete de la mañana siguiente, Rintaro, que terminaba de desayunar en la cocina trasera, se dispuso a abrir la puerta de la librería.

Encendió las luces, subió las persianas que cubrían las ventanas y ventiló la tienda. El límpido aire invernal sustituyó al aire enrarecido y llenó el local de una agradable sensación. Pasó la escoba por los escalones de piedra de la entrada, regresó al interior y quitó el polvo de las estanterías con un trapo.

Era la repetición exacta de la rutina que seguía su abuelo.

Lo había visto realizarla a diario antes de irse al colegio, pero era la primera vez que se ocupaba de llevarla a cabo él solo. Rintaro cogía los libros para leerlos, pero nunca había limpiado la tienda.

En su mente, una vocecita disgustada le preguntaba qué estaba haciendo. Mientras que otra, alegre, le decía que eso era lo que debía hacer. Ambas conformaban su conciencia. Y es que, en realidad, no tenía claro cómo proceder. Sumido en esa incertidumbre, exhaló una bocanada blanca que se mezcló con el aire frío y transparente de la soleada mañana.

Se preguntó por qué le había dado por limpiar las estanterías cuando antes se limitaba a mirarlas con aire melancólico. Mientras hilvanaba esos pensamientos tan contradictorios lo asaltó el recuerdo de los extraños sucesos del día anterior.

—Hiciste un trabajo maravilloso, Segunda Generación —le dijo con voz profunda y resuelta aquel gato atigrado de pelaje tan bonito.

Rintaro dirigió una mueca de extrañeza a Tora, que caminaba por el largo pasillo flanqueado de estanterías con una sonrisa y los ojos de jade entornados.

—¿Qué te ocurre?

—Es que no estoy acostumbrado a los cumplidos.

—Ser humilde es una virtud. Pero serlo en exceso es un defecto —fue la enigmática respuesta del gato.

Y, al tiempo que seguía avanzando sigilosamente, añadió—: Tus palabras conmovieron a aquel hombre, qué duda cabe. Por eso conseguiste liberar todos aquellos libros y encontrar el camino de vuelta. De no haber sido por esas palabras, a buen seguro todavía estaríamos perdidos en la extraña mansión, sin poder regresar. —Hablaba como si no concediera importancia al asunto, pero la realidad que describía resultaba inquietante. Se volvió hacia Rintaro, y el chico advirtió una discreta sonrisa en su mirada de jade—. Hiciste un trabajo maravilloso —repitió—. Por ahora, has superado con éxito el primer laberinto.

—Gracias —dijo Rintaro. Enseguida, sin embargo, dirigió una mirada inquisitiva a Tora—. ¿El primer laberinto?

—Oh, no es nada. No debes preocuparte.

La respuesta del gato le llegó cuando se encontraba de pie en el centro de la librería. Tora pasó por entre sus piernas y se fue directo de nuevo hacia la pared del fondo.

—¡Un momento! Me dices que no debo preocuparme, pero tú...

—Ya te lo dije: soy Tora; tigre, ya sabes. No lo olvides —lo interrumpió el gato, volviendo la cara con una sonrisa guasona—. Contra todo pronóstico, hiciste un trabajo maravilloso, insisto.

—Es como si tus palabras escondieran algo...

Rintaro lo perseguía de cerca, pero una luz blanca

inundó el pasillo de pronto y, en un abrir y cerrar de ojos, se encontró solo delante de la tosca pared de madera.

Había transcurrido un día de aquello, pero Rintaro aún tenía la sensación de que había sido un sueño.

—«Un trabajo maravilloso», ha dicho...

La voz profunda del gato resonaba todavía en su mente.

Era la primera vez que le dedicaban un cumplido tan directo. Estaba acostumbrado a que se rieran de él por su apatía y a que lo evitaran por su languidez; ser objeto de halagos lo inquietaba. Por eso, porque estaba inquieto, había decidido ponerse a quitar el polvo con el trapo en vez de permanecer sentado en la penumbra de la librería.

Justo cuando terminaba de limpiar el local, oyó el tintineo de la campanilla y se volvió hacia la puerta. Sayo Yuzuki, la delegada de su clase que el día anterior le había llevado la agenda, observaba el interior de la librería con timidez.

La chica, que llevaba una bufanda roja anudada al cuello, frunció sus cejas bien delineadas al ver que Rintaro la miraba con cara de extrañeza.

—¿Qué estás haciendo?

—¿Qué quieres decir? —A pesar de la confusión, Rintaro cayó en la cuenta de que era él quien debía formular esa pregunta—. Eso tú, Yuzuki... ¿Qué haces aquí a estas horas de la mañana?

—Tengo ensayo matinal con el club de instrumentos de viento, como siempre. —Sayo alzó la mano izquierda con un movimiento ágil para mostrarle la funda negra del instrumento—. Y al pasar por aquí me ha sorprendido ver la librería abierta y me he asomado a echar un vistazo. —Con el aliento saliendo de sus labios en bocanadas blancas, cruzó el umbral de la puerta y continuó hablando con las manos en las caderas—. Ya que esta mañana has encontrado tiempo incluso para limpiar la tienda, me imagino que hoy irás al instituto, ¿verdad?

—Pues, en realidad...

—De «pues, en realidad», nada. ¡Si tienes tanto tiempo, ve! No está bien que te pierdas todas las clases solo porque vas a mudarte pronto.

—Ya, supongo...

Sayo dirigió una mirada amenazadora a Rintaro, que seguía con su actitud evasiva.

—Oye, haz el favor de ponerte en la piel de quien ha de llevar la agenda de asistencia a un compañero de clase que basta verlo para deprimirse. Menudo latazo.

Al oír esas palabras, Rintaro fue consciente de que el día anterior no le había agradecido que le llevara la agenda.

—Gracias por lo de ayer —se apresuró a decir. Y, al ver la cara de asombro de Sayo, añadió—: ¿He dicho algo raro?

—Solo es que me sorprende mucho que me des las gracias; ayer parecía que mi presencia te molestaba.

—No me molestó que vinieras. Más bien me dio la sensación de que eras tú quien estaba de mal humor...

—¿De mal humor? —Sayo alzó la mirada al techo un instante—. ¡Para nada! —agregó con semblante casi ofendido—. Solo estaba preocupada por ti.

—¿Preocupada? —murmuró Rintaro. Inclinó un poco la cabeza, extrañado, y se señaló a sí mismo con el dedo índice—. ¿Por mí?

—Pues claro —dijo Sayo a la vez que le dirigía una mirada dolida—. Estaba preocupada porque pensé que sería duro para ti haber perdido a tu abuelo y, encima, tener que irte enseguida a otra ciudad, pero llegué y te encontré charlando tranquilamente con Akiba... Y me llevé un chasco.

«No me lo puedo creer», pensó Rintaro, impresionado.

Estaba convencido de que para ella había sido una molestia. Y, a pesar de que la propia Sayo había expresado su preocupación, él se lo había tomado como un mero formalismo. Sin embargo, no se trataba de eso, por lo visto.

Durante unos segundos, Sayo se quedó mirando con expresión decepcionada a Rintaro, que continuaba perplejo. De repente, le preguntó tímidamente:

—¿De verdad te parecí tan arisca?

Si Rintaro tardó en responder no fue por lo imprevisto de esa pregunta. Fue porque acababa de darse cuenta de que los ojos claros de su compañera de clase, que en principio tenía tan vistos, eran preciosos. Ahora que lo pensaba, nunca había mantenido una conversación con ella cara a cara, y eso que vivían en el mismo barrio.

—Dime, ¿de verdad te parecí tan arisca?

—No, ¡qué va!

—Mientes fatal.

Rintaro no hallaba una objeción adecuada a esa observación tan directa. Mientras pensaba una réplica se tocó con la mano derecha la montura de las gafas, como acostumbraba.

—Tengo el juego de té de mi abuelo —dijo al fin, y señaló con un gesto torpe el fondo de la tienda—. ¿Te apetece tomar una taza? Si tienes tiempo, claro.

Rintaro suspiró para sí al pensar que la invitación había sonado estúpida. Aun así, su torpe proposición hizo florecer una sonrisa en el rostro de la alegre chica.

—Pero bueno… ¿Pretendes ligar conmigo?

—Dicho así… suena muy fuerte.

—Oye, si esto es por agradecerme que viniera expresamente a traerte la agenda, te sale demasiado barato, ¿no te parece? —La respuesta de Sayo había sido rápida e ingeniosa. Con actitud desenvuelta, se abrió paso y se sentó en un taburete que había al lado de Rintaro—. De todos modos, aprecio el esfuerzo.

—Gracias —dijo Rintaro, y suspiró aliviado.

—Una taza de *darjeeling* —pidió enseguida Sayo—. ¡Con mucho azúcar!

Su voz clara resonó en la librería como si en pleno invierno hubiera llegado de repente la primavera.

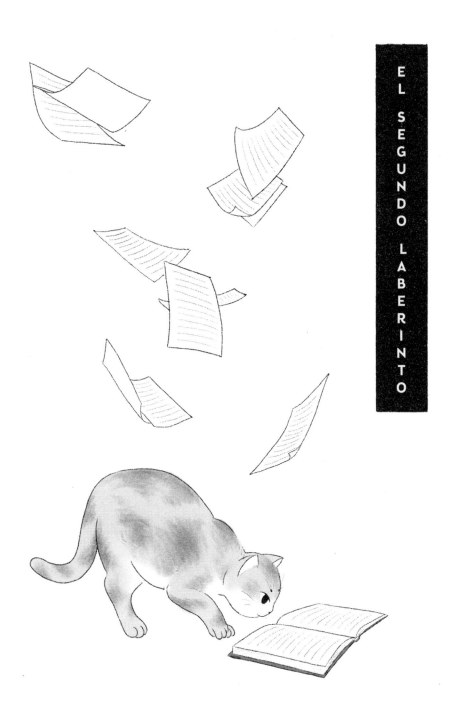

EL SEGUNDO LABERINTO

El hombre que los recortaba

Para Rintaro, su abuelo era un personaje peculiar. Vivía en un mundo un poco distinto del de la cotidianidad que Rintaro conocía. Se mostraba parco en palabras y hermético, pero en esencia era un anciano libre de prejuicios sabio y tranquilo.

Su jornada comenzaba a las seis de la mañana, hora a la que se levantaba. A las seis y media había terminado de desayunar, y a las siete, una vez preparados los *bentō** para su comida del mediodía y la de Rintaro, abría la librería. Lo primero que hacía era ventilar la tienda y a continuación regaba la maceta de la entrada mientras enviaba al instituto a su nieto, que obedecía rezongando. Acto seguido, el anciano se sumergía en su océano de libros antiguos, y en él permanecía hasta que Rintaro regresaba al final de la tarde.

* Bandeja o recipiente donde, en Japón, se sirve la comida para llevar y que tradicionalmente contiene arroz blanco, carne o pescado y un acompañamiento de hortalizas. Puede prepararse en casa o comprarse en tiendas de alimentación y estaciones de tren. *(N. de la T.)*

Esa rutina se repetía constante e inmutable como un gran río que ha bañado la tierra desde tiempos inmemoriales. Parecía que aquel anciano menudo se hubiera pasado la vida en esa pequeña librería de viejo, pero en realidad no era así.

El abuelo rara vez hablaba de sí mismo, pero Rintaro se había enterado, por un antiguo cliente de la librería, de que había hecho carrera en una universidad, donde incluso ocupó un puesto de prestigio, si bien después lo dejó. Se lo explicó un hombre con barba blanca y porte distinguido que siempre llevaba una elegante corbata de bolo. A veces, visitaba la tienda para comprar voluminosas obras literarias y, en ocasiones, libros en lenguas extranjeras. Por lo que le había contado, él y su abuelo habían trabajado juntos años atrás.

—¡Tu abuelo es una persona realmente extraordinaria! —le había dicho el anciano bajo la luz amarillenta de una lámpara a la vez que le acariciaba la cabeza mientras Rintaro lo miraba.

Aquello debió de ser en la época en que Rintaro todavía iba a la escuela primaria, en un momento en que el abuelo habría salido a hacer algún recado y el crío se encontraba solo en la tienda.

—Tu abuelo se esforzó cuanto pudo para mejorar siquiera un poco los males de nuestro mundo. Se entregó a ello en cuerpo y alma, y realizó un magnífico trabajo. Era un hombre ejemplar. —Hablaba en un tono cargado de nostalgia mientras acariciaba suavemente la lujosa cubierta de un libro que iba en una caja—. Pero... —dejó la frase inconclusa y, suspirando, dirigió la mirada hacia las estanterías—. No tuvo suficiente fuerza... No pudo culminar su objetivo y se retiró de la escena pública.

La expresión «escena pública» había dejado perplejo a Rintaro, pues no encajaba con la imagen que tenía de su abuelo. Preguntó entonces al anciano qué era lo que su abuelo había tratado de hacer.

—Nada fuera de lo común —le respondió el hombre con una sonrisa amable—. Solo quería transmitir lo que es obvio: que no hay que mentir, que no hay que abusar de los más débiles, que debemos echar una mano a las personas que pasan por momentos difíciles...

Rintaro, sin darse cuenta, había inclinado la cabeza, como si dudara.

El hombre había esbozado una sonrisa irónica.

—Obviedades que en la actualidad han dejado de serlo. —Suspiró profundamente—. Hoy en día las cosas obvias se han invertido: la gente solo se preocupa por mentir con perspicacia, pisotear a los más débiles y aprovecharse de aquellos que pasan por momentos difíciles. Y no hay nadie que diga que no deben cometerse tales irresponsabilidades.

—¿Y el abuelo...?

—Tu abuelo dijo basta a todo eso y continuó defendiendo con perseverancia que ese comportamiento no era el adecuado.

Pero el anciano había acabado asegurando que, a pesar de todo, nada había cambiado. Entonces había dejado encima del mostrador un par de libros gruesos con tanta delicadeza como si manipulara una exquisita escultura de cristal. Eran dos volúmenes de *La vida de Samuel Johnson* de Boswell.

—¿No tendréis el tercer volumen?

—Sí. Está en la segunda estantería de la izquierda, arriba. Al lado de Voltaire, creo.

El hombre había asentido con una sonrisa y se había dirigido a sacar el libro en cuestión de la estantería que Rintaro le había indicado.

—Así pues ¿el abuelo abrió esta pequeña librería porque el trabajo en la universidad no le fue bien?

—Podría decirse que sí, aunque sin duda hay matices. —El anciano dedicó una amplia sonrisa a Rintaro al ver su expresión confusa—. No es que tu abuelo se fuera de la universidad con el rabo entre las piernas. No se resignó ni se rindió, sino que cambió de estrategia.

—¿De estrategia?

—Tu abuelo abrió aquí una librería de segunda mano espléndida, para transmitir al mayor número posible de personas la fascinación por los libros. Estaba convencido de que, de este modo, lo que se ha torcido volverá a enderezarse poco a poco. Dicho en otras palabras, esta es la nueva estrategia que tu abuelo eligió. No es que sea el camino más glorioso, pero sí el que concuerda con su espíritu valeroso y decidido. —Tras darle todas aquellas pacientes explicaciones, el anciano sonrió con melancolía, como si regresara al presente—. Quizá todavía seas demasiado joven para entenderlo...

Eso mismo había pensado Rintaro.

Entonces se le había antojado muy difícil entender aquello. Ahora, en cambio, tenía la impresión de que veía las cosas de otro modo. A pesar de todo, si alguien le hubiera preguntado qué había cambiado desde aquel momento, no habría sabido qué responder. Fuera como fuese, durante los días en que se había dedicado a limpiar la tienda por la mañana había ido comprendiendo el vínculo que su taciturno abuelo había establecido con la pequeña librería Natsuki.

Quitar el polvo de las estanterías y barrer eran tareas monótonas, y, a la par, muy laboriosas. Y precisamente esa monotonía le hizo tomar conciencia de la gran paciencia de su abuelo, quien siempre las llevó a cabo sin escatimar atenciones.

Rintaro observó el interior de la tienda con cierto sentimentalismo.

Después de la habitual limpieza matutina, el sol invernal se filtraba por la puerta de celosía e iluminaba con una filigrana el suelo de madera. Desde el exterior le llegó un animado griterío. Debían de ser sus compañeros de instituto, que se dirigían hacia sus actividades extraescolares de la mañana. Las joviales risas se colaban en el interior del local junto con el aire límpido y frío.

Se respiraba una atmósfera realmente agradable.

—¿No te parece que te lo estás tomando con demasiada calma, Segunda Generación? ¿Qué hay del instituto?

A Rintaro le sorprendió no extrañarse al oír esa voz profunda. Se echó al hombro el trapo con el que había quitado el polvo y volvió la cabeza hacia el fondo de la librería.

Tora, con su fabuloso pelaje, estaba sentado al final de aquel angosto y largo pasillo flanqueado de estanterías. La pared de madera del fondo no se veía detrás del gato, sino que el pasillo de estanterías se extendía a lo lejos envuelto en una luz pálida.

Rintaro lo miró con una sonrisa torcida.

—Me gustaría darte la bienvenida, pero ¿te importaría entrar por la puerta cuando vengas a la librería? Detrás de ti suele haber una pared.

—Aun así, no pareces muy sorprendido, Segunda Generación —dijo el gato con su característica voz profunda. Había un brillo perspicaz en sus ojos de jade—. Y me divertiría más hacer estas apariciones si te mostraras más perplejo, la verdad.

—Es que no puedo sacarme de la cabeza lo del «primer laberinto». Si hay un primero, ¡lo lógico es que haya también un segundo!

—Astuta apreciación. Así me ahorras tener que darte explicaciones aburridas.

—¿Explicaciones?

—Debemos partir hacia el segundo laberinto. Has de echarme una mano.

—No irás a decirme que... —Rintaro dirigió la mirada hacia el final del pasillo—. ¿Hay que salvar libros de nuevo?

—¡Has dado en el clavo! —respondió el gato en tono ampuloso y altivo ante la pregunta temerosa del chico.

El gato le contó con expresión seria que en cierto lugar había un hombre que reunía libros de todo el mundo y se dedicaba a recortarlos uno a uno. Al parecer, acumulaba ya un sinfín de obras y no ponía fin a tan desconsiderado comportamiento.

—¡No podemos permitir que siga haciéndolo!

Rintaro se sentó en el taburete que tenía al lado y se tocó la montura de las gafas. Así permaneció en silencio durante unos instantes, tras los cuales observó a Tora a través de sus dedos.

—¿Y bien? Por mucho que te quedes mirándome, la situación no mejorará. Solo tienes que decidir si vienes o no.

—¡Ya me estás presionando como la otra vez, incluso más!

—Si no te presionara, no te moverías. Si te movieras sin que tuviera que presionarte, me evitaría mucho trabajo.

Los ojos de jade del gato desprendieron una luz todavía más intensa.

Rintaro se quedó reflexionando unos segundos más.

—¡De acuerdo! ¿He de seguirte, como la vez anterior? —contestó Rintaro al tiempo que resoplaba.

El gato entornó los ojos, lleno de curiosidad, ante esa inesperada y tajante respuesta.

—No me esperaba una reacción tan decidida. Pensaba que volverías a darme excusas sobre esto o sobre lo otro como hacen los blandengues.

—Me cuesta entender las cosas difíciles, pero el abuelo me enseñó que los libros deben cuidarse. Ayudar a las personas se me da mal porque no soy fuerte, pero, si se trata de salvar libros, puedo ser útil.

El gato abrió un poco sus ojos de jade, pero enseguida volvió a entornarlos al tiempo que asentía.

—¡Fantástico!

Pareció que debajo de los bigotes del gato se dibujaba una sonrisa, pero quizá fuera solo una impresión porque, antes de que Rintaro pudiera confirmarlo, se oyó el repentino tintineo de la campanilla de la entrada y el chico se volvió. A través de la puerta entreabierta, vio que asomaba el rostro de una intrusa inesperada.

—¿Estás vivo, Natsuki?

Era la alegre voz de Sayo Yuzuki, la delegada de su clase.

Rintaro echó un vistazo a su reloj y, al ver que marcaba las siete y media de la mañana, supuso que debía de dirigirse a su práctica matutina del club de instrumentos de viento. Se puso muy nervioso.

—¿Quién es? ¿Tu novia?

—Cállate.

Dos días antes Sayo se había detenido en la librería Natsuki a tomar un té. Había aprovechado el momento para pedirle a Rintaro que asistiera al instituto, pero él le había dado una respuesta evasiva, y al final no le hizo caso. De manera que llevaba dos días allí encerrado. Y aunque no le apetecía en absoluto volver a clase, se sentía avergonzado por ello ante Sayo.

Por si fuera poco, que lo hallara en una situación tan extraña, conversando con un gato a primera hora de la mañana de un día entre semana, era muy inoportuno.

—¿Qué...? ¿Qué está pasando?

—No está pasando nada.

Sayo frunció ligeramente el ceño y entró sin más en la tienda.

El aturullado Rintaro oyó la voz profunda del gato junto a su oreja:

—No te preocupes, Segunda Generación. Solo pueden verme las personas que cumplen ciertos requisitos especiales. Finge que no me ves, y ya está.

Mientras escuchaba esas palabras, sin acabar de creerlo, Sayo le dijo con voz clara y decidida:

—Al final ayer no fuiste al instituto, ¿verdad? Y, por lo que parece, hoy tampoco piensas ir.

—No, bueno…, no es eso…

—Entonces ¿vas a ir?

—Hoy, de momento…

Al oír esa respuesta tan vaga, Sayo lo observó de soslayo con perspicacia.

—Si vuelves a faltar al instituto, tendré que traerte más notificaciones. Los profesores también están preocupados por ti. Ya está bien de causar molestias a los demás, ¿no crees? —le soltó, decidida como siempre.

La capacidad de decisión, sin embargo, no era el fuerte de Rintaro.

—Lo siento…

—¡No es cuestión de pedir perdón! —Sayo suspiró, al borde de la desesperación—. Bastará con que digas claramente si piensas ir o te quedas aquí. Entiendo que te encuentras en una situación muy difícil. Pero, ante tu comportamiento indeciso, ¡los que estamos a tu alrededor no sabemos cómo ayudarte!

Esa retahíla de palabras hizo mella en Rintaro. Pensaba que era tan insignificante que nadie advertiría su ausencia. Pero la delegada de su clase lo veía de otro modo, al parecer.

—Así pues… —oyó que decía el gato, a su espalda, con una risita sofocada—. Hay gente que se preocupa en serio por ti. ¡Y tú que creías no tener amigos…!

Rintaro lanzó una mirada crispada al propietario de esa voz burlona, que el gato ignoró. Tora continuó riendo como si nada, haciendo vibrar sus bigotes.

—¡¿Eh?! —exclamó de repente Sayo con la mirada clavada en los pies de Rintaro, donde estaba sentado, cómo no, el deslenguado de Tora.

Por unos instantes, se hizo un silencio extraño.

Tora se puso tenso de repente.

—¡No me digas! —exclamó, como si tanteara el terreno—. ¿No solo me oyes, sino que también puedes verme?

—¡¿Un gato que habla?!

Tora se quedó de piedra.

Sayo lo miró fijamente y, después, dirigió la vista hacia el final de la librería, donde el pasillo se prolongaba bañado en aquella luz pálida. Se quedó boquiabierta.

—¿Qué es eso?

Rintaro, mirando a su vez hacia el pasillo, se tocó la montura de las gafas.

—¿No decías que había que cumplir unos «requisitos especiales»?

—Se suponía... —Incluso el gato, que solía mostrarse imperturbable, estaba desconcertado—. Esto sí que no me lo esperaba.

—Natsuki... —murmuró Sayo, perpleja—. Estoy viendo cosas extrañas.

—Menos mal. ¡Pensaba que solo las veía yo!

La respuesta despreocupada de Rintaro dejó a Sayo sin palabras.

El gato, a pesar de todo, recobró su habitual serenidad, avanzó hacia Sayo y le dedicó una solemne reverencia.

—Soy Tora, el gato atigrado. Bienvenida al laberinto de los libros.

Aquel gato que inclinaba la cabeza con elegancia parecía encajar en la normalidad.

—Me llamo Sayo Yuzuki —respondió Sayo, un tanto desconcertada aún. Enseguida, sin embargo, extendió sus pálidas manos y lo cogió en brazos—. ¡Qué mono! —dijo con voz jovial. Al oírla, tanto el gato como Rintaro pusieron los ojos en blanco—. Es precioso... ¡Y encima habla!

—Si tú lo dices... —masculló Rintaro, pero el comentario quedó eclipsado por la bonita y animada voz de Sayo, que resonaba por toda la librería.

El gato, por su parte, maullaba descaradamente en respuesta a las caricias que la chica le hacía con la barbilla.

—¿A qué viene tanto maullido? —preguntó Rintaro, y dejó escapar un largo suspiro, como si de pronto se desinflara.

Los dos chicos y el gato anduvieron lentamente por el pasillo repleto de enormes estantes atestados de libros.

El gato iba a la cabeza, Sayo lo seguía y Rintaro cerraba la marcha. El gato avanzaba con pasos sigilosos; Sayo, a un ritmo ágil; pero Rintaro, con pesadez.

—Es mejor que regreses, Yuzuki —le aconsejó Rintaro con un hilo de voz.

Sayo lo observó con sus ojos rasgados.

—¿Cómo? ¿Es que pretendes vivir tú solo esta emocionante aventura con este gato tan extraordinario?

—Emocionante aventura, dice... —Rintaro, a pesar de sus dudas, siguió hablando—. Me parece que estás embarcándote en un asunto peligroso.

—¿Peligroso, has dicho? —Sayo dedicó a Rintaro una mirada expresiva—. Y pues... ¿cómo quieres que me quede al margen sabiendo que un compañero de clase está en peligro?

—No se trata de eso.

—Entonces ¿de qué se trata? Si no es peligroso, no hay nada de malo en que te acompañe. Y en caso de que sí lo fuera, no estaría bien que te dejara solo. ¿No lo ves así?

Rintaro estaba admirado. Se dijo que el adjetivo «decidida» parecía creado expresamente para Yuzuki. Mientras que él sopesaba cualquier decisión que hubiera de tomar, Sayo se mostraba firme y tenía una lógica aplastante. Un *hikikomori* como él no tenía nada que hacer contra ella.

—Será mejor que te rindas, Segunda Generación

—se entrometió Tora con su voz profunda—. Lo mires como lo mires, llevas las de perder.

—Lo tengo claro. Pero no me parece bien que me vengas con consejitos cuando la fuente de todos los problemas eres tú.

—Bueno, vale. ¡Qué se le va a hacer si me han descubierto! —dijo el gato con una voz menos enérgica de lo habitual, quizá porque todavía no se había recuperado del impacto de antes—. Yo tampoco puedo prever todo lo que pasa. Y esto último ha sido totalmente inesperado.

—Por tu modo de hablar, parece que tienes todo el resto bajo control, pero me da que improvisas bastante.

—Estás molesto porque te he hecho callar —intervino Sayo, con su franqueza habitual—. No está bien que se lo hagas pagar al gato.

—¿Que se lo haga pagar...?

—¿No es eso?

—Me preocupa estar implicando a la delegada de mi clase en un asunto tan poco claro y que pueda sucederle algo grave.

—Si acabara sucediéndome algo grave, también te sucedería a ti, ¿no? —Fue una apreciación muy aguda en medio de una conversación de lo más pueril. Al ver que Rintaro se había quedado sin palabras, Sayo añadió—: No es que me disguste tu carácter, pero esta actitud tuya me resulta insoportable.

Tan pronto como se lo soltó echó a andar de nuevo

por el largo pasillo, tan tranquila. Adelantó al gato y siguió avanzando con resolución. Era la antítesis de Rintaro, de quien se diría que era el colmo de la prudencia.

El gato, que en ese momento se encontraba a los pies del chico, volvió la cabeza hacia él.

—Juventud, divino tesoro... —le dijo entre risas.

—¿De qué narices hablas? —murmuró Rintaro con voz apagada mientras, poco a poco, una pálida luz envolvía todo alrededor de los tres.

«¿Un hospital?»

Eso fue lo primero que pensó Rintaro. Y tenía buenas razones para ello.

Porque lo que se encontraron al salir de aquel túnel de luz blanca fue una amplia sala repleta de hombres y mujeres con batas blancas que iban de un lado a otro muy atareados.

Sin embargo, a medida que la luz brillante iba desvaneciéndose y las formas que los rodeaban se perfilaban, vieron que se hallaban en un lugar extraño.

Delante de ellos se extendía una colosal galería porticada de piedra. Tenía la anchura de dos aulas de colegio y de largo era tan inmensa que no se veía el final. A ambos lados, dispuestas a intervalos regulares, se alzaban unas columnas blancas que combinaban fortaleza y refinamiento, y que sostenían los elegantes arcos del techo abovedado.

A primea vista, parecía un templo de la antigua Grecia, pero lo que más llamaba la atención era el enjambre de personas que pululaba en aquel espacio.

De cada una de las aberturas que había entre cada par de columnas surgían hombres y mujeres vestidos con bata blanca que, al cabo de poco, desaparecían por la abertura del lado opuesto. Los había de todas las edades, pero todos iban de blanco, llevaban un montón de libros debajo del brazo y se los veía muy ajetreados.

En el espacio que se abría entre las columnas se distinguía una colección exorbitante de libros que llegaba hasta el altísimo techo, y debajo de las paredes que conformaban aquella inmensa biblioteca había varias mesas de gran tamaño y unas sillas. Muchas de las personas vestidas de blanco sacaban libros de las estanterías y los apilaban encima de las mesas, y después cogían otros libros y los colocaban en los mismos huecos de los estantes. Si se miraba con atención, se veían aquí y allá, semiocultos entre las paredes, unos corredores estrechos y unas escaleras para subir y bajar por donde aparecían las personas de bata blanca. Se detenían delante de las mesas y, una vez que terminaban su tarea, cruzaban la vasta galería y desaparecían por los corredores del lado opuesto. La escena era mareante: unos transportaban libros debajo del brazo, otros los apilaban con esmero en las mesas y otros trajinaban subidos a altísimas escaleras móviles apoyadas en las estanterías.

—Vaya... ¡Qué lugar tan increíble!

Aquel comentario balbuceante de Sayo fue la expresión más sincera de su estado de ánimo. Mientras observaba todo a su alrededor con los ojos muy abiertos, una mujer vestida de blanco pasó por delante de ella a toda prisa.

Ninguna de aquellas personas de bata blanca prestaba la menor atención al gato y los dos intrusos que iban con él. No mostraban ninguna reacción; de hecho, era como si no los vieran. Sin embargo, invisibles no eran, ya que las personas de blanco los esquivaban cuando estaban a punto de toparse con ellos. Pero lo más extraño de todo era que, en ese extraordinario trasiego, no se oyera ni una escueta conversación. La sensación era inquietante, como si estuvieran viendo una mala película muda.

—¿Es aquí donde está ese hombre que recorta los libros?

—En principio sí.

—¿Qué hacemos? —preguntó Rintaro.

El gato arqueó el lomo y echó a caminar con aire indiferente.

—Pues habrá que buscarlo, ¿no?

Avanzó con determinación unos cuantos pasos y abordó a un hombre de bata blanca que pasaba por delante de él.

—Perdone, ¿puedo hacerle una pregunta?

El hombre, que era de mediana edad y llevaba un

montón de libros en los brazos, bajó la mirada hacia el gato con una expresión claramente contrariada por haber sido interpelado de repente. Era de constitución robusta, pero tenía el rostro extrañamente pálido.

—¿Qué quieres? Tengo mucha prisa.

—¿Qué lugar es este?

A la pregunta impertinente del gato, el hombre respondió con calma:

—Es el Instituto de Investigación sobre la Lectura. Es la institución más grande del mundo dedicada a realizar estudios relacionados con la lectura de libros.

—¿El Instituto de Investigación sobre la Lectura? —repitió Sayo con el ceño fruncido, pero el hombre la ignoró por completo.

—Pues nos gustaría hablar con la persona responsable del instituto.

—¿Con la persona responsable?

—Eso es, con la persona responsable de esta institución. El director, o, ya que se trata de un instituto, el doctor, el profesor o como sea que lo llamen ustedes.

—¿Buscáis a un profesor?

—Eso es.

—Será mejor que lo dejéis estar —les dijo el hombre sin pestañear—. En el mundo hay tantas personas con el título de profesor como estrellas en el firmamento. En Japón hay un sinfín de ellos. Si gritáis «¡Profesor!», seguro que cuatro o cinco de los investigadores que hay a nuestro alrededor volverán la cabeza. Todos son especialistas en algún campo. Aquí tenemos infinidad de profesores: desde especialistas en lectura rápida hasta expertos en taquigrafía. Y recibimos una gran afluencia de nuevos profesores de todo tipo de campos de investigación: expertos en retórica, sintaxis, estilística, fonética, tipografía e, incluso, en la calidad del papel. En lugar de buscar a un profesor, os resultaría más fácil buscar a alguien que no lo sea —dijo el hombre con voz monótona e indiferente.

El gato se lo quedó mirando, decepcionado. Y el hombre aprovechó el momento.

—Bueno, ¡adiós! —dijo, y se alejó a toda prisa.

—¡Oiga! —le gritó el gato, pero el hombre no lo oyó y desapareció entre dos columnas.

Rintaro y Sayo, cogidos por sorpresa, se lo quedaron mirando mientras se alejaba.

—Pero ¿de qué va esto? —murmuró Rintaro.

Sin dar ninguna respuesta, el gato emprendió de nuevo la marcha por la inmensa galería porticada y detuvo al siguiente hombre de bata blanca que pasó por su lado. Difería en edad y físico respecto del hombre anterior, pero eran iguales en cuanto a su palidez y a la gran cantidad de libros que llevaban.

—¿Qué quieres? Tengo mucha prisa.

—Buscamos a una persona.

—Yo que vosotros, lo dejaría estar —les lanzó el hombre, como si les clavara una espada—. Este instituto es enorme. Además, aquí hay infinidad de personas similares tanto por su aspecto físico como por su modo de pensar o por el trabajo que realizan. Obviamente, todos se esfuerzan por afirmar su propia individualidad, pero, dado que todos pretenden lo mismo, al final nadie se distingue. Buscar a alguien en concreto en un sitio como este no solo es difícil, sino que además no tiene ningún sentido. Así que, nada, adiós —dijo el hombre, y se fue.

La tercera persona a la que abordaron fue una mujer más joven que los dos individuos anteriores, pero su palidez y su incongruente respuesta fueron idénticas.

Mientras miraban a su alrededor y decidían quién sería la cuarta persona a la que abordarían Sayo chocó con un hombre joven que caminaba con paso rápido, y todos los libros que este llevaba debajo del brazo acabaron en el suelo.

—Lo siento... —le dijo Sayo inclinando la cabeza, pero el joven se limitó a dirigirle una breve mirada y se puso a recoger los libros con calma.

Rintaro, que se había agachado para ayudarlo, cogió un libro cuyo título le sorprendió: *Consejos para un método de lectura totalmente innovador*.

Por mucho que se lo mirara con buenos ojos, Rintaro no le encontraba el menor sentido. Y entonces se le ocurrió preguntar al joven:

—¿Sabe dónde se encuentra la persona que ha escrito este libro?

Al oír la pregunta, el joven de la bata blanca se volvió hacia Rintaro y arqueó ligeramente las cejas.

—Estamos buscando a la persona que ha escrito este libro... —insistió el chico.

—Si buscáis al director del instituto, solo tenéis que bajar por esa escalera y llegaréis a su despacho. Lo encontraréis allí.

El joven, que se había levantado con todos los libros debajo del brazo tal como los llevaba antes, señaló con el mentón una pequeña escalera que se abría justo detrás de la primera columna que tenían a su derecha.

—El director está inmerso siempre en sus estudios, encerrado en su despacho, y rara vez sale a la superficie. Si bajáis, lo encontraréis allí —dijo en un tono apático si bien un tanto ceremonioso.

Rintaro le dio las gracias inclinando la cabeza, pero cuando volvió a alzarla el joven de la bata blanca desaparecía ya por una escalera que ascendía desde el lado opuesto.

El descenso no fue precisamente rápido.

Cuando se dispusieron a bajar aquellos escalones, no imaginaron que se extenderían ante sus ojos casi hasta el infinito.

—Ya sabemos por qué rara vez sale a la superficie —murmuró Sayo con fastidio, y su murmullo continuó reverberando en el aire hasta que dejó de oírse, como engullido por las profundidades del suelo—. ¿Creéis que estamos haciendo lo correcto?

—Si estás preocupada, hay otra alternativa todavía. Yo soy de los que opinan que siempre es mejor volver...

—Vale, pues, si quieres volver, ve tirando. Yo soy de las que opinan que, pase lo que pase, siempre es mejor no dejar las cosas a medias —dijo Sayo, con tanta frescura que la pesadez que se respiraba en el ambiente se desvaneció.

Rintaro se quedó callado al instante.

La escalera, que al principio bajaba recta, lentamente empezó a curvarse en forma de caracol. Envueltos por ese ambiente tétrico, en aquella semioscuridad perpetua, tenían la sensación de dirigirse hacia las entrañas de la tierra.

Todo era terriblemente monótono a su alrededor. En las paredes había luces dispuestas a intervalos iguales y, entre ellas, pilas y pilas de libros amontonados de cualquier modo. Al observarlos de cerca, se descubría que unos eran nuevos y otros antiguos, pero todos tenían el mismo título: *Consejos para un método de lectura totalmente innovador*.

De vez en cuando, se cruzaban con algún hombre de blanco que cargaba con un montón de libros debajo del brazo, pero ninguno de ellos volvió la cabeza siquiera para mirarlos, sino que se limitaban a pasar por su lado con paso rápido sin decir nada.

En medio de esa penumbra tediosa que se extendía ante ellos mientras seguían descendiendo, de repente se oyó otro murmullo de Sayo:

—¿Beethoven...?

Rintaro se detuvo. En efecto, si se aguzaba el oído,

se apreciaba que desde el fondo de la escalera ascendía una melodía.

—Diría que es la *Novena sinfonía* de Beethoven, el tercer movimiento.

—¿La *Novena*? —preguntó Rintaro.

La vicepresidenta del club de instrumentos de viento asintió con la cabeza, muy segura de sí misma.

A medida que bajaban, la música se oía con mayor nitidez, e incluso Rintaro distinguió con claridad el elegante sonido de los instrumentos de cuerda.

—Ahora viene el segundo movimiento —les informó Sayo.

Conforme lo decía, la melodía cambió a otro registro más ágil. El ritmo se aceleró hasta alcanzar un nivel entusiástico y, justo en el momento en que los instrumentos de viento y de cuerda se fusionaban en un *crescendo* hipnótico, el grupito se encontró delante de una pequeña puerta de madera que les barraba el paso.

Encima de la puerta, de aspecto muy viejo, había un cartel en el que ponía DIRECCIÓN, escrito con trazos delicados. Aparte de eso, no había ninguna otra señal ni ornamento. Solo la música que salía del interior a todo volumen.

Aquello no tenía ni pies ni cabeza, pero, de algún modo, haber llegado por fin a su destino fue un motivo de alivio para Rintaro y sus acompañantes.

El gato asintió con la cabeza, y Rintaro golpeó con los nudillos suavemente la puerta.

Llamó con suavidad por segunda vez y, como no obtuvo respuesta, insistió una tercera, con más fuerza. Pero tampoco contestó nadie. Lo único que se oía era la *Novena sinfonía*.

Rintaro no tuvo más remedio que asir el pomo y empujar la puerta, que se abrió con un leve chirrido al tiempo que la sinfonía surgía del interior de la habitación con un volumen tan alto que resultaba ensordecedor.

El despacho no era particularmente amplio. Bueno, quizá sí que lo era, pero, como las cuatro paredes estaban repletas de libros y de papeles hasta el techo, era imposible apreciar las dimensiones reales. El espacio en sí, delimitado por todos aquellos libros y documentos, era muy reducido y contenía, al fondo, tan solo un escritorio que se diría a punto de ser engullido por los papeles.

En el escritorio, sentado de espaldas a ellos, había un hombre de mediana edad que vestía una bata blanca. No era alto, pero sí corpulento, incluso entrado en carnes, y estaba totalmente concentrado en lo que fuera que estuviera haciendo. Para su sorpresa, desde la distancia observaron que sostenía con la mano izquierda un libro que iba recortando poco a poco con las tijeras que manipulaba con la derecha.

Cada vez que daba un tijeretazo, un fragmento de papel caía como si bailara en el aire, y el libro iba dejando de ser un libro.

La imagen de aquel hombretón de blanco enfrascado en esa extraña tarea no podía calificarse más que de insólita.

—¿Qué está hacien...? —farfulló Sayo, incapaz de terminar la frase.

Rintaro no supo qué responderle. Tampoco Tora, que seguía observando al hombre en silencio.

Sin embargo, lo que hacía que el ambiente fuera todavía más extraño era que la *Novena sinfonía* estuviera sonando a todo volumen. El aparato que el hombre tenía encima de la mesa no era un reproductor de CD ni un tocadiscos, sino un radiocasete anticuado. Rintaro lo reconoció porque su abuelo había tenido uno, pero en realidad se trataba de una reliquia de las que ya apenas se veían. Que la cinta girara en ese radiocasete parecía una broma.

—Disculpe —le dijo Rintaro, pero el hombre de la bata blanca no se dio la vuelta.

Rintaro reclamó su atención una segunda vez, sin obtener respuesta. Entonces gritó con todas sus fuerzas, y por fin el hombre se detuvo y se volvió hacia ellos.

—¡Anda! ¿Qué ocurre? —preguntó con una curiosa voz aguda.

Su aspecto era peculiar: llevaba unas gafas gruesas, la bata blanca repleta de arrugas, y tenía el vientre prominente y la cabeza prácticamente calva, salvo por cuatro canas. Se diría que era un erudito, aunque con aquella bata no daba la menor impresión de ser un intelectual.

—Perdone que le molestemos.

—Lo siento. ¡No me había dado cuenta de que estabais ahí! —gritó el hombre casi tan alto como la *Novena sinfonía* a la vez que hacía girar la silla lentamente para mirarlos.

Al ver aquella figura con unas tijeras en la mano derecha y el libro trasquilado en la izquierda, tanto Rintaro como Sayo se estremecieron.

—No suelo tener visitas. Lo siento de verdad, pero no puedo ofreceros asiento —dijo con una voz extrañamente alegre por encima de la *Novena sinfonía*—. ¿De qué se trata?

—Hemos venido porque nos han contado que aquí se recortan muchos libros. Usted... —respondió Rintaro alzando también la voz.

—¿Cómo? ¿Qué dices?

—¡Que aquí se recortan muchos libros!

—Disculpa, es que no te oigo bien... ¿Puedes repetirlo un poco más alto?

—¡Decía que aquí hay muchos libros, pero...!

De repente, la *Novena sinfonía* se interrumpió con un chasquido desagradable. El radiocasete se había atascado. Y, de pronto, un silencio estremecedor se adueñó de la habitación.

El hombre de la bata blanca arrugó la frente, y poco después se levantó de la silla con movimientos pesados y alargó la mano hacia la esquina del escritorio en la que se encontraba el radiocasete.

—Esto... —empezó a decir Rintaro, pero la mano regordeta del hombre lo hizo callar.

—Tanto la cinta como el radiocasete son muy antiguos, y de vez en cuando se atasca —murmuró mientras intentaba sacar la cinta del aparato haciendo bastante ruido.

Que una cinta gastada de tanto oírla se atascara de cuando en cuando resultaba lógico. Pero parecía que a aquel erudito de bata blanca le ocurría a diario. Con total normalidad, extrajo el casete con destreza, volvió a enrollar la cinta que se había salido, la insertó de nuevo en el dispositivo y, clic, apretó el botón de reproducción. En apenas dos segundos, Beethoven volvía a sonar a todo volumen.

—Bien, ¡repetidme de qué se trata! —dijo el erudito a voz en cuello entre la música.

Rintaro se desanimó.

—Eh, ¡no pongas esa cara! Beethoven es uno de mis compositores preferidos, y considero la *Novena sinfonía* su gran obra maestra. Mientras la escucho, mi investigación progresa con rapidez.

—¿Su investigación? ¿Qué tipo de investigación? —espetó Rintaro casi con indiferencia, pero aquel investigador de mediana edad asintió con semblante feliz.

—Gracias por tu interés. El tema de mi investigación es, en pocas palabras, la optimización de la lectura.

—Eh... —murmuró Sayo al oído de Rintaro—. ¿No te parece que Beethoven solo le sirve para oír lo que le conviene?

Seguramente ese era el caso, pero nada podían hacer al respecto. De modo que, para no perder el hilo de la conversación que justo acababan de entablar, Rintaro le lanzó otra pregunta:

—¿En qué consiste la «optimización de la lectura»?

—Es muy sencillo. En esencia, se trata de una investigación para conseguir leer más rápido —respondió el erudito la mar de contento a la vez que daba unos cuantos tijeretazos—. Hay infinidad de libros en el mundo, y los humanos estamos demasiado atareados para leerlos todos. Cuando termine mi investigación, no obstante, la gente podrá leer decenas de libros al día. Y no únicamente los superventas de actualidad en cada momento, sino también, como si nada, ensayos enrevesados y tratados filosóficos complejos. Un hallazgo maravilloso para la historia de la humanidad.

—¿Decenas de libros al día?

—¿Se refiere a hacer una lectura rápida? —La pregunta de Sayo casi se había superpuesto a la de Rintaro.

El erudito asintió felizmente con la cabeza.

—La lectura rápida es una habilidad importante. Sin embargo, solo sirve cuando se leen textos con los que uno ya está familiarizado. Es utilísima para extraer la información esencial sobre la cotización de la

Bolsa en la primera página de un periódico, pero no, por ejemplo, para que alguien que nunca ha leído filosofía entienda *La idea de la fenomenología* de Husserl. Por eso... —El erudito mostró una amplia sonrisa a la vez que levantaba un regordete dedo índice con diligencia—. También he conseguido integrar con éxito otra técnica de lectura rápida.

—¿Qué técnica?

—¡La sinopsis!

Sorprendidos, Rintaro y Sayo retrocedieron a una.

En ese preciso instante, la música se interrumpió, seguramente porque debía de haber acabado el tercer movimiento. Apenas tuvieron tiempo de coger aire cuando el breve silencio tocó a su fin y comenzó el cuarto movimiento. En medio de la violenta disonancia de los instrumentos de viento, el investigador alzó de nuevo su entusiasta voz aguda:

—La sinopsis también puede llamarse «resumen». Las personas que tienen un nivel avanzado en la técnica de la lectura rápida pueden mejorar todavía más su capacidad para leer con rapidez gracias a una sinopsis, o un resumen, que condense la esencia del libro. Por supuesto, con la sinopsis se eliminan todos los tecnicismos, todas las expresiones elegantemente escritas, todas las frases de significado profundo, etcétera. Se elimina el estilo original del texto, se emplean expresiones comunes y, en definitiva, se lleva a cabo una revisión exhaustiva para que todo resulte fácil y sencillo. De este modo, un texto que, pongamos por caso, exigiría diez minutos de lectura se lee en uno.

El erudito cogió un librito que había caído a sus pies, le clavó las tijeras con destreza, cortó un trocito de papel y, visto y no visto, se inclinó hacia Rintaro para entregárselo.

Había una única frase en el papel.

—«Melos estaba furioso» —leyó Rintaro en voz alta.

El investigador asintió con la cabeza, satisfecho.

—Es la sinopsis de *Corre, Melos*, de Osamu Dazai.

Para desconcierto de Rintaro, el hombre agitó el ejemplar recortado de *Corre, Melos* con la mano izquierda.

—Si se hace la sinopsis de un relato breve tan famoso como este, todo puede quedar reducido a una frase. Sería el resultado de ir condensando el texto hasta quedarnos con su esencia. De este modo, mediante el método de lectura rápida, es posible leer *Corre, Melos* en medio segundo. El problema son las novelas largas.

El erudito alargó su rechoncho brazo hacia el radiocasete y subió todavía más el ya de por sí retumbante volumen. El *Himno a la alegría*, interpretado por los instrumentos de cuerda, se abrió paso en la habitación con un *crescendo* solemne.

—En la actualidad, estoy con *Fausto*, de Goethe. El objetivo es que pueda leerse en dos minutos, pero no es tarea fácil.

Con un sonoro golpe, dejó caer su rolliza mano sobre una pila de libros que tenía en el escritorio. Del impulso, los trozos recortados de papel que había alrededor revolotearon por el aire como copos de nieve. Los libros sobre los que había dado la palmada estaban tan mutilados que ni siquiera podía distinguirse si eran ejemplares de *Fausto* o no.

—Ya he conseguido recortar el noventa por ciento del original, pero por mucho que solo quede el diez por ciento de la obra, como es tan voluminosa, todavía es demasiado. Aún queda trabajo de síntesis por hacer. Requiere un gran esfuerzo, pero hay más lectores que desean leer *Fausto* de lo que imaginaba. De algún modo, me gustaría cumplir con sus expectativas.

Poco faltó para que Rintaro le soltara: «Usted está mal de la cabeza». Y es que Sayo se le adelantó diciendo:

—Esto es un poco raro, ¿no?

Su voz sonó con claridad, aunque un tanto amortiguada por Beethoven.

—¿Raro? ¿Por qué?

—Pues porque...

Sayo no encontró respuesta para aquella pregunta tan directa.

El erudito les dio la espalda durante unos segundos y, después, volvió a girar la silla relajadamente para mirarlos.

—Se dice que en la sociedad actual las personas ya

no leen libros. Pero en realidad no es así. Lo que pasa es que la gente está muy ocupada y no dispone de un rato siquiera para leer sin prisas. En el estrés del día a día, el tiempo que se tiene para la lectura es muy limitado. Sin embargo, son muchas las historias por las que la gente tiene interés. No les basta con *Fausto*. También quieren leer *Los hermanos Karamázov* o *Las uvas de la ira*. ¿Y qué aporto yo para satisfacer sus deseos? —El erudito alargó su grueso cuello—. Pues la lectura rápida y la sinopsis. —A pesar de que no tocó el radiocasete, pareció que la *Novena sinfonía* sonaba todavía con más ímpetu—. Este libro de aquí...

De entre el cúmulo de recortes que tenía justo a su derecha, cogió un libro viejo. Era otro ejemplar de *Consejos para un método de lectura totalmente innovador*, el libro que habían visto hasta la saciedad desde que habían iniciado el descenso hasta aquel despacho.

—Es mi obra más representativa, la que reúne todos los hallazgos de mi investigación. Junto con las técnicas de lectura rápida más recientes, he recopilado en este libro, con gran esfuerzo, las sinopsis de cien obras maestras de todos los tiempos y lugares. Quien tenga este libro, pues, podrá leer cien obras en un solo día. Tengo previsto sacar un segundo volumen y, después, un tercero, de modo que más temprano que tarde muchas personas podrán leer libros de todo el mundo en muy poco tiempo. ¿No os parece increíble?

—Comprendo... —murmuró Rintaro, aunque no

era cierto. Tan solo lo había dicho para que su interlocutor se callara, porque de lo contrario no habría detenido su monólogo—. No niego que se gane velocidad de lectura. Pero lo que se lee es distinto de lo que estaba escrito originalmente, ¿no?

—¿Es distinto, dices? Bueno, quizá un poco.

—¡Cómo que un poco...! —exclamó el gato con su voz profunda—. ¡Usted lo que hace es reunir un sinfín de libros, recortarlos uno a uno y convertirlos en meros trozos de papel! Eso, se mire como se mire, es arrebatar la vida a los libros.

—¡No es verdad!

La voz del erudito resonó secamente acompañada de un desplazamiento del aire. Era como si al tono relajado que había empleado hasta ese momento se añadiera una pesadez repentina. Los visitantes enmudecieron.

—¡Lo que yo hago es infundirles una nueva vida! —dijo. Y, suavizando el tono de nuevo, como si tratara de persuadirlos, añadió—: Las historias que no consiga leer acabarán por desaparecer. Yo les otorgo valor y, para darles una vida larga, las reviso. Las convierto en sinopsis. Las someto a una lectura rápida. De este modo, además de conservar en el presente historias destinadas a caer en el olvido, cumplo con las expectativas de las personas que desean tener una experiencia sencilla con esas obras maestras en un período breve de tiempo. «Melos estaba furioso.» ¿No os parece una sinopsis increíble?

El erudito se levantó con indolencia y, al compás de la orquesta que resonaba en la habitación, empezó a blandir las tijeras que tenía en la mano derecha cual batuta de director.

—¿No consideráis que la literatura y la música tienen mucho en común? Ambas son bellas creaciones que nos aportan sabiduría, ánimo y consuelo. Son una herramienta que el ser humano ha creado para encontrar inspiración y bienestar. Sin embargo, entre ellas existe una gran diferencia.

Fundiéndose con la compleja melodía, el erudito hizo un giro repentino sobre sí mismo, dibujando en el aire un amplio arco con la bata blanca. Aquel cuerpo rehecho giraba con destreza, a pesar de todo. Las tijeras, que blandía en el aire, emitían tales destellos que violentaban.

—Con la música nos relacionamos a diario a través de varios dispositivos: en el reproductor del coche mientras conducimos, en los auriculares mientras andamos, en el radiocasete del estudio… Su sola presencia ejerce un poder curativo sobre las personas. Sin embargo, con los libros no sucede lo mismo. Podemos escuchar música mientras corremos, pero es imposible correr mientras leemos. Mientras escuchamos la *Novena sinfonía* podemos estar investigando, pero mientras leemos *Fausto* no podemos escribir una tesis. Esa desafortunada limitación es la causa principal de la decadencia de los libros. Yo me dedico a mi investigación en cuerpo y alma para salvarlos de tan fatídico destino. No los recorto, ¡los salvo!

Justo en el momento en el que el erudito concluía su discurso, como si hubiera calculado el tiempo, el solo del barítono irrumpió con fuerza.

El gato se había quedado sin palabras.

No obstante, Rintaro entendía en cierto modo su estado de ánimo.

El propietario de la curiosa mansión que visitaron juntos el primer día también se comportaba así. Sus palabras rezumaban locura, pero no había que tomarlas a broma y desdeñarlas con una carcajada porque también entrañaban una aguda inteligencia. Quizá fuera la agudeza de la verdad.

—Hoy en día... —El erudito retomó su discurso con voz amable, como si hubiera captado el cambio de parecer de Rintaro—. Los libros difíciles de entender han perdido su valor por esa simple razón. Todos quieren leer obras maestras de una manera ligera y agradable, como si estuvieran descargándose una recopilación de las canciones navideñas más populares. Quieren lecturas amenas y rápidas, y cuantas más, mejor. Si no respondemos a las demandas de nuestro tiempo, las obras maestras no sobrevivirán. Utilizo mis tijeras para proteger la vida de esos libros.

—¡Segunda Generación! —La voz del gato hizo que Rintaro volviera en sí—. No estarás tragándote lo que dice, ¿no?

—Reconozco que un poco sí.

—¡Pero bueno…! —exclamó Tora a la vez que tensaba los bigotes y miraba fijamente a Rintaro.

Detrás del chico, el erudito movía las manos con gestos solemnes como si dirigieran la orquesta que ocupaba su mente. Las tijeras que sostenía en la mano derecha brillaban con una luz iridiscente mientras el *Himno a la alegría*, que había comenzado con un solo, entraba en la primera gran parte coral.

—Lo cierto es que leer *Fausto* en dos minutos sería maravilloso…

—Eso es un sofisma.

—Por mucho que sea un sofisma —se entrometió Sayo—, en cierta manera lo entiendo. Yo, por ejemplo, soy lenta leyendo, y no se me dan bien los libros difíciles. Así que me gustaría que hubiera un método que me permitiera leer con facilidad, ya fuera la lectura rápida o la sinopsis…

—¡Qué bien me has entendido! —dijo el erudito con satisfacción a la vez que volvía la cabeza—. Me has entendido a la perfección. Y voy a ayudarte.

De repente, Sayo puso cara de embeleso. Incluso ella, una alumna inteligente y animada, miraba al investigador de la bata blanca con expresión soñadora.

—¡La tiene medio convencida! ¡Rintaro, haz algo! —exclamó Tora.

—No se me ocurre qué…

A pesar de que Rintaro quería reaccionar de algún

modo, el *Himno a la alegría* sonaba con tanta potencia que no lo dejaba pensar. Era como si esa música ensordecedora rodeara sólidamente al erudito, una especie de fortificación que impedía a los visitantes acercarse a él.

Rintaro fue a secarse el sudor que le perlaba la frente; cerró los ojos y se llevó la mano derecha a la montura de las gafas.

En esa situación, ¿qué habría dicho su abuelo?

Rintaro puso todo su empeño en imaginarse la figura del anciano inmerso en sus pensamientos con una taza de té entre las manos. Sus ojos siguiendo tranquilamente los caracteres impresos de un relato, los cristales de las gafas reflejando apenas la luz de la lámpara, los dedos arrugados pasando las páginas en silencio.

«Rintaro, ¿te gusta la montaña?»

La voz profunda de su abuelo resonó de súbito en la mente de Rintaro.

Se lo había preguntado un día mientras preparaba un té negro con gestos mesurados.

—La montaña, Rintaro.

—No lo sé. Nunca he subido a ninguna —le contestó Rintaro entonces con desinterés, probablemente porque estaba inmerso en la lectura del libro que tenía en las manos.

El abuelo le dedicó una sonrisa dulce y se sentó a su lado.

—Leer un libro se parece a subir una montaña.

—¿Un libro y una montaña?

Rintaro levantó la cabeza, extrañado por el comentario de su abuelo.

El anciano alzó la taza y, despacio, se la pasó por delante de los ojos como si estuviera disfrutando del aroma del té.

—Leer no es tan solo disfrutar y emocionarse. En ocasiones hay que ir línea a línea, releer repetidas veces las mismas frases, y avanzar despacio y con esfuerzo para comprender lo escrito. Llega un momento en el que ese arduo trabajo de pronto nos abre las miras. Del mismo modo que, tras un larguísimo sendero, las vistas se abren al llegar a la cima.

Bajo la luz de la vieja lámpara, el abuelo se acercó la taza a los labios con un sosiego infinito, como uno de esos sabios que aparecían en las novelas antiguas de fantasía.

—Hay lecturas difíciles. —Los pequeños ojos del anciano brillaban detrás de las gafas—. Las lecturas placenteras están bien. Pero si te limitas a seguir un sendero de montaña agradable el paisaje que ves es limitado. No eches la culpa a la montaña si el camino de ascenso es escarpado. Subir paso a paso falto de aliento hasta llegar a la cima es uno de los placeres del montañismo.

El abuelo alargó el enjuto y huesudo brazo y posó la mano en la cabeza de Rintaro.

—Si has de subir una montaña, ya puestos, que sea alta. El paisaje que verás desde la cima será incomparable —dijo con voz cálida.

A Rintaro le sorprendió de nuevo haber tenido una conversación como aquella con su abuelo.

—¡Segunda Generación!

Al oír de repente la voz de Tora, Rintaro abrió los ojos. Volvió la cabeza y reparó en que el aspecto de Sayo, de pie a su lado, había cambiado. Sus mejillas habían perdido el saludable color sonrosado que la caracterizaba y sus animados ojos solo reflejaban ahora una luz pálida y carente de vitalidad. Esa inquietante expresión exánime era similar a la de los hombres de bata blanca que habían visto hasta llegar a ese despacho.

En medio del apoteósico final de la sinfonía que sonaba a todo volumen, Rintaro cogió la mano de Sayo, que había echado a andar como si la abdujeran. Tenía la mano helada, y la falta de reacción de su delgado cuerpo cuando la atrajo hacia él lo hizo estremecer. Sintió que un escalofrío le recorría la espalda e hizo una mueca, pero siguió tirando de la mano laxa de su compañera de clase y la hizo sentar en una pequeña silla que había a su lado.

—Cuidado, Segunda Generación. ¡Así no estás ganando tiempo!

—Lo sé.

A pesar de la advertencia alarmada del gato, Rintaro

no perdió la calma. No tenía la confianza en sí mismo de Tora ni la inteligencia de Sayo, pero si se trataba de afrontar situaciones difíciles o riesgos imprevistos, empezaba a tener cierta experiencia debido a los bandazos que en los últimos tiempos había dado su apacible vida cotidiana.

En el centro de la habitación, el erudito de la bata blanca movía los brazos como si dirigiera una orquesta, con un libro en la mano izquierda y las tijeras en la derecha a modo de batuta. Con cada movimiento, las tijeras se deslizaban dentro del libro, y un montoncito de papelitos blancos revoloteaban en el aire.

Rintaro no acababa de entender el concepto de la optimización de la lectura, pero sabía que tanto la lectura rápida como las sinopsis menoscababan el poder de los libros. Al fin y al cabo, los fragmentos recortados no eran más que trozos de papel.

«Perderse muchas cosas de la vida por ir demasiado deprisa es propio del ser humano. Si coges un tren llegarás más lejos, pero te equivocas si crees que así aumentará tu conocimiento. Quien camina con pasos despreocupados por su propio pie ve las flores que bordean el camino y los pájaros posados en las copas de los árboles.» Con esos pensamientos en mente, Rintaro avanzó despacio hacia el erudito. Sin prisa, sin vacilar, sin llegar a conclusiones precipitadas, sino pensando a su propio ritmo y avanzando con sus propias piernas se plantó delante de él. Entonces alargó la mano hacia el radiocasete del escritorio en el que la *Novena sinfonía* sonaba a todo volumen.

De inmediato, el erudito estiró su rechoncha mano y agarró a Rintaro de la muñeca.

—No querrás acaso detener mi preciada música, ¿no?

—Para nada.

El tono calmado con el que respondió el chico dejó perplejo al investigador. Rintaro aprovechó para apretar la tecla de avance rápido del radiocasete. De repente, la *Novena sinfonía* comenzó a sonar al triple de su velocidad con un ruido inarmónico. Era el *Himno a la alegría*, pero acelerado, frenético, estridente y enervante.

—¡Para! ¡La estás estropeando!

—Así es —dijo con calma Rintaro, pero no apartó el dedo de la tecla a pesar de que el ruido era ensordecedor—. Opino lo mismo que usted. Sin embargo, con el avance rápido puede escuchar su adorada *Novena sinfonía* muchas más veces.

El erudito hizo amago de replicar, pero frunció su seboso ceño y se tragó las palabras. Así que Rintaro prosiguió.

—Si la música se reproduce a más velocidad, se estropea. La *Novena sinfonía* tiene su propio ritmo, si realmente se quiere disfrutar de la música...

Rintaro apartó el dedo de la tecla del radiocasete y el coro recobró su magnífica armonía.

—Esta pieza debe escucharse a su velocidad, ¿verdad? Con el avance rápido resulta horrible.

En una octava más alta respecto del comienzo, las voces de aquel maravilloso coro entonaron «*Freude! Freude!*» en un estallido de alegría. La melodía resonó en toda la habitación con una reverberación estremecedora.

—Con los libros... —murmuró el erudito en medio de aquel torrente sonoro mirando a Rintaro—. ¿Quieres decir que pasa lo mismo?

—En todo caso, la sinopsis y la lectura rápida son como escuchar únicamente el solo final con el avance rápido.

—Únicamente el solo final con el avance rápido...

—Eso puede resultar divertido, pero no es una sinfonía de Beethoven. Si le gusta la *Novena sinfonía*, sin duda lo entenderá. Del mismo modo que yo lo entiendo, porque me gustan los libros.

El erudito había dejado de mover las tijeras que hasta ese momento manipulaba con tanta vigorosidad. Tras reflexionar un instante, dirigió la mirada hacia Rintaro y lo observó por debajo de sus espesas cejas.

—Pero los libros que no se leen van cayendo en el olvido.

—Por desgracia, así es, sí.

—¿Y a ti te parece bien?

—No me parece bien, pero tampoco me lo parece reducir la preciosa obra de *Corre, Melos* a una única frase. Y por la misma razón que no podemos reducir una canción solo a unas cuantas notas, tampoco podemos limitar un libro solo a unas pocas palabras.

—Pero... —empezó a decir el erudito, todavía con las tijeras en la mano, como si se dispusiera a escupir las palabras que se había tragado—. A la gente se le ha olvidado lo que es leer un libro tranquilamente. ¿No te parece que la sociedad actual lo que quiere son lecturas rápidas y sinopsis?

—Yo qué sé lo que quiere la gente.

Ante aquel contraataque inesperado de Rintaro, el investigador abrió sus diminutos ojos detrás de las gafas de un modo que resultó casi cómico.

—A mí simplemente me gustan los libros. Así que... —Rintaro se interrumpió un instante para observarlo—. Quiera lo que quiera la gente, yo estoy en contra de recortarlos.

Sin que se dieran cuenta, la sinfonía había llegado a su fin. Lo único que se oía en la habitación era el traqueteo del arrastre de la cinta, que seguía girando. Sin la música que hasta ese momento había atronado en la estancia, ahora, en medio del silencio opresivo, tan solo se oía aquel extraño sonido mecánico del radiocasete.

—A mí también me gustan los libros... —murmuró el investigador a la vez que dejaba caer los hombros.

Rintaro asintió ligeramente con la cabeza.

Ya no sentía animadversión hacia aquel hombre. Si el erudito odiara los libros no habría ideado un método como aquel. Sin duda, sus palabras encerraban una parte de verdad. Deseaba que los libros perduraran en el tiempo, difundirlos y que llegaran al mayor número de personas posible. La gente a la que no le gustan los libros no piensa así.

«Pero...», se dijo Rintaro.

—¡Pero lo cierto es que recorta los libros!

—Veo que te gustan realmente —dijo el erudito, y elevando apenas el mentón dejó escapar un largo suspiro.

—¡Con que diga eso no basta!

El hombre alzó poco a poco la mano derecha, en la que tenía las tijeras. La abrió con una sonrisa amarga y, como por arte de magia, las tijeras desaparecieron con una especie de destello. Al mismo tiempo, se oyó el frufrú del revoloteo de los trozos de papel. Y no era solo un ruido, puesto que, aunque no corría viento, los innumerables fragmentos de páginas que se habían acumulado en todos los rincones se elevaron por los aires y comenzaron a danzar por la habitación.

Asombrado, Rintaro retrocedió unos pasos.

Los trozos de papel acabaron formando un torbellino de confeti que cubrió de blanco todo a su alrededor. Ante la mirada incrédula del chico, los papelitos fueron agrupándose poco a poco en el aire, se unieron, se combinaron y, finalmente, todos regresaron a los libros de los que habían salido.

El erudito de la bata blanca se mantuvo inmóvil en medio de la habitación, donde papeles y libros seguían danzando.

Rintaro reparó en que el corpulento erudito parecía triste. El chico cogió del escritorio un libro que había recuperado su forma y se lo entregó.

—*Corre, Melos...* —leyó en voz baja el hombre.

—A mí también me gusta ese libro. Le propongo que de vez en cuando lo lea tranquilamente, en voz alta. Requiere un poco de tiempo, pero creo que no se arrepentirá.

El erudito cogió el fino libro y se quedó inmóvil durante unos instantes, observándolo.

El torbellino de papeles no amainaba, pero los libros que ya habían recobrado su forma original se alejaban de aquella espiral blanca e iban colocándose en las estanterías de las paredes. Era un espectáculo magnífico ver cómo todos aquellos libros, desde los más pequeños y sencillos hasta los magníficos tomos encuadernados en piel, regresaban uno a uno al lugar que habían ocupado.

Poco a poco, toda la habitación se encontró envuelta en una luz pálida. Y, de repente, en ese mismo instante, Rintaro oyó con fuerza el *Himno a la alegría*.

Volvió la mirada hacia el radiocasete que estaba encima del escritorio, pero la cinta no se movía.

Era el erudito quien lo tarareaba.

Lo hacía mientras sostenía en una mano *Corre, Melos* y movía la cabeza con aire dichoso. Se quitó sin prisa la bata blanca y la lanzó hacia atrás, encima del escritorio. La bata también se vio envuelta por aquella luz pálida.

—Mi pequeño amigo... —dijo el erudito a Rintaro con una sonrisa a la vez que se quitaba la corbata—. ¡Ha sido un placer! Te auguro un futuro maravilloso —concluyó haciendo una ligera reverencia y, tras darse la vuelta, echó a andar.

Aquella figura menuda que se alejaba tarareando se vio envuelta por la luz pálida, y su alegre canturreo fue alejándose también hasta fundirse por completo con el resplandor.

Sayo abrió los ojos como si nada y permaneció inmóvil durante unos instantes. Al cabo, observó a su alrededor para tratar de comprender lo que había sucedido.

Se había quedado dormida en una esquina de la librería Natsuki. Al parecer, había dormido sentada en un pequeño taburete de madera, apoyada en una estantería que tenía al lado. Por lo visto, alguien la había cuidado tan bien como había podido: estaba tapada con una manta y tenía cerca la estufa de petróleo encendida. De una tetera blanca que había encima de la estufa se elevaba un hilo de vapor.

Cuando se volvió hacia la puerta de entrada vio los resplandecientes rayos del sol de la mañana. Su compañero de clase se encontraba de espaldas a aquella deslumbrante luz, tocándose la montura de las gafas y sumido en sus pensamientos.

La silueta de aquel chico que ya le resultaba familiar

permanecía inmóvil mirando con aire solemne, casi sin pestañear, las estanterías. Escrutaba los lomos de los libros uno a uno como si quisiera grabar esa imagen en sus retinas y atesorar en su corazón las historias que contenían.

—Realmente te apasionan los libros —le dijo Sayo con timidez.

Rintaro se volvió hacia ella como si no recordara que estaba allí y suspiró, aliviado.

—¡Menos mal! No habría sabido qué hacer si no te hubieras despertado. Estabas sumida en un sueño muy profundo.

—Es que ensayar por la mañana antes de ir al instituto me agota. Que sepas que no suelo quedarme dormida en casas ajenas —le respondió Sayo con una voz más enérgica de lo acostumbrado, porque se había dado cuenta de que se había sonrojado. Después, para disimular aún más la vergüenza, añadió—: Gracias, Natsuki. Por todas las molestias que te he causado.

—¿Molestias?

—Me trajiste tú, ¿no? De aquel sitio tan extraño...

Ante esa pregunta, Rintaro apartó un segundo la mirada y, después, ladeó la cabeza fingiendo perplejidad.

—¿Estás segura de que no has tenido un sueño raro?

—Pero...

Todavía sentada en el taburete, Sayo dedicó a Rintaro una mirada un tanto inquisitiva.

—¿Acaso quieres que me crea que todo ha sido un

sueño? Imposible. Me acuerdo de todo, a la perfección: del gato que hablaba, del pasillo de las estanterías, del extraño Instituto de Investigación sobre la Lectura... ¿Quieres que siga?

—No, es suficiente —se apresuró a decir Rintaro a la vez que gesticulaba con las manos—. Ya veo que intentar convencerte de lo contrario será inútil.

—Bien.

Sayo sonrió y, acto seguido, asintió con la cabeza.

Por su mente pasaron muchas de las extrañas escenas que había presenciado. Los atareados hombres y mujeres vestidos con una bata blanca, la interminable escalera, la peculiar conversación con el erudito mientras la *Novena sinfonía* sonaba a todo volumen.

A partir de la mitad de la conversación, lo recordaba todo difuso. Tenía la sensación de haber estado inmersa en una semioscuridad que parecía inacabable, como sumergida en el fondo del mar, y lo único que notó con certeza fue la cálida mano de su compañero de clase que trataba de atraerla hacia él.

Era una mano segura, mucho más de lo que habría esperado de un chico tímido como él.

—¿Y el gato?

Ante aquella inesperada pregunta, Rintaro negó con la cabeza.

—Desapareció cuando volvíamos. La otra vez también lo hizo. Se esfumó sin tan siquiera despedirse.

—Entonces, eso significa que quizá volvamos a verlo, ¿no?

—Parece que te gustaría mucho que así fuera —comentó Rintaro con preocupación—. Por lo que a mí respecta, prefiero no involucrar a la delegada de mi clase en más situaciones absurdas.

—Pues estoy más que involucrada ya —replicó Sayo en un tono especialmente alegre. Después se puso en pie y se estiró cuanto pudo.

En el exterior, el sol brillaba con todo su esplendor. Sayo miró el reloj de la librería y reparó en que marcaba casi la misma hora a la que había traspasado el umbral de la puerta, como si acabara de llegar. Todo parecía de lo más normal, como si lo que acababa de vivir solo hubiera sido un sueño.

Sayo entornó los ojos ante los brillantes rayos de sol de la mañana y, repentinamente, cambió de tema.

—¿Cómo llevas los preparativos para el traslado, Natsuki?

—Está todo por hacer.

—¿Todo...? ¿Quieres decir que no te mudarás?

—Seguramente sí, pero... —Rintaro ladeó la cabeza—. Es que no estoy convencido por completo.

—¿Convencido?

—No sé cómo explicarlo. Es como si no quisiera irme de aquí. Sé que no debería poner excusas tontas, pero es que ni yo entiendo qué me pasa. Por eso, de momento, me limito a reflexionar en silencio.

Sayo pensó que solo reflexionando no arreglaría las cosas, pero no comentó nada. Observó con cierta inquietud el perfil de Rintaro, que tenía la mirada fija en un punto indeterminado.

Como de costumbre, Rintaro se había explicado con evasivas. A Sayo solía costarle entenderlo. En ocasiones, dejaba las conversaciones a medias. Sin embargo, no parecía un chico indeciso o falto de determinación. En realidad, pensó Sayo, era como si su mente tuviera muchas cuestiones que considerar y quisiera afrontarlas con demasiada seriedad.

«Así es él...», se dijo Sayo, y abrió los ojos como si acabara de hacer un descubrimiento extraordinario. Lo que parecía desmotivación y apatía era seguramente una sinceridad exagerada.

De repente, oyó las voces risueñas de un grupo de chicas que pasaban por delante de la puerta. Sayo aprovechó el momento.

—Oye, ¡recomiéndame un libro interesante! —pidió a Rintaro con voz animada.

El chico no se lo esperaba.

—De acuerdo. Pero los libros que recomiendo son bastante difíciles.

—No hay problema. Llegados a este punto, no pienso recurrir ya a las sinopsis...

—¡Te veo muy decidida! —dijo Rintaro con una sonrisa a la vez que asentía con la cabeza.

Después, volvió la mirada hacia las estanterías y se tocó la montura de las gafas con la mano derecha.

La imagen de Rintaro observando fijamente las estanterías como si fuera un erudito rebosante de experiencia y conocimientos cautivó a Sayo.

—A ver... ¿Qué podría gustarte? —murmuró Rintaro con semblante tranquilo.

Ya no era el chico inseguro y apático de siempre; ahora lo veía lleno de energía y confianza en sí mismo.

Sayo entornó los ojos y, durante un rato, se quedó observando a su compañero de clase mientras este reflexionaba con el sol a su espalda.

EL TERCER LABERINTO

El hombre que solo pensaba en venderlos

—Bien, hasta aquí la clase de hoy. Tened cuidado al regresar a casa.

La voz clara del profesor resonó desde el estrado y, casi en sincronía, los estudiantes comenzaron a ponerse en pie ruidosamente.

—¡Por fin hemos terminado!

—¡Qué hambre tengo!

—Oye, ¿hoy también vas al club?

Todos esos comentarios entremezclados hicieron que el ambiente de la clase se animara en un instante.

Sayo Yuzuki puso las libretas y los libros dentro de la mochila con sumo cuidado y se levantó de su silla. Mientras lo hacía, dirigió una mirada fugaz hacia la ventana y vio que entre esta y el resto de los alumnos que parloteaban había un único asiento vacío.

«Hoy tampoco ha venido...»

Era el asiento de Rintaro Natsuki.

Dado que acostumbraba a pasar desapercibido, nadie notaba que no asistía al instituto ni lo echaba en falta. Hasta hacía unos días, tampoco Sayo.

Sin embargo, las cosas habían cambiado un poco.

Podía poner la excusa de que, como delegada de clase, tenía que procurar que todos sus compañeros siguieran bien el curso, o alegar que debía llevarle su agenda de asistencia puesto que vivía cerca de la librería, pero Sayo sabía que no se trataba de eso. La imagen de Rintaro, que hasta hacía poco era solo la de un chico a quien le apasionaban los libros, ahora le venía a la mente con otra luz. Y acompañada de aquel misterioso gato.

—Eh, ¿Natsuki tampoco ha venido hoy?

Al oír esas inesperadas palabras, Sayo volvió la cabeza hacia el pasillo y vio, al otro lado de la ventana, a aquel chico alto de un curso superior. Era Ryota Akiba, el capitán del equipo de baloncesto y el estudiante más destacado de su promoción. Ahora que había finalizado la clase, su radiante sonrisa estaba atrayendo las miradas de admiración y los grititos de las alumnas.

—¿Qué pasa, Akiba?

Sayo se lo quedó mirando con manifiesto desinterés.

Dado que ambos pertenecían al consejo de estudiantes, coincidían con cierta regularidad, pero a Sayo no acababa de gustarle el aire despreocupado de aquel chico tan brillante. Mostrarse hipócritamente cortés con quien no le agradaba no iba con ella, de manera que prefería mantener las distancias sin que eso le supusiera el menor problema. Akiba se daba cuenta, pero, en lugar de molestarse, parecía que le divirtiera hablar con Sayo.

—Natsuki no aparece por el instituto para nada. Qué mal.

—¡Que lo diga alguien que el otro día hizo novillos con él no suena muy convincente! —protestó Sayo.

—¡Qué cruel eres! Yo solo fui a animar a un pobre chaval más joven que yo que se ha quedado sin familia y que no sale de casa —le respondió con acritud Akiba mientras no dejaba de guiñar el ojo a cuantas chicas pasaban.

Sayo lo miró con frialdad.

—Bien, dado que quieres animarlo, ¿puedo pedirte que le lleves la agenda de asistencia? Y una copia de los apuntes de ayer.

—¿Por qué? ¿No vas a llevárselos tú?

—No me resulta fácil animar a un compañero que acaba de perder a su abuelo. Para algo así os entenderéis mejor entre chicos, ¿no?

—No está bien que lo diga, pero él y yo somos totalmente distintos tanto por mentalidad como por físico, por aspecto y por carácter, por lo que es muy difícil que nos entendamos —dijo Akiba, escupiendo veneno mientras sonreía, como siempre—. Además —añadió, y su sonrisa pareció cargarse de significado—, ya que, por lo visto, fuiste a la librería a comprar unos libros, será mejor que vayas tú, ¿no? —Clavó la mirada en el grueso libro que Sayo llevaba debajo del brazo—. No sabía que a la vicepresidenta del club de instrumentos de viento le interesaran los clásicos.

—Ver a un compañero de clase que siempre está encerrado en una librería leyendo me ha picado la curiosidad por la lectura. Pero cada vez que abro el libro solo veo caracteres y más caracteres, y me resulta pesado y agotador.

—En cualquier caso, Austen es una buena elección. —El tono de voz de Akiba había cambiado ligeramente—. Es bueno para iniciarse en la literatura... Y gusta sobre todo a las chicas. ¡No sabe nada, Natsuki! —dijo con una sonrisa, y en sus ojos destelló un suave brillo, distinto del habitual en él.

«Qué tipo... —pensó Sayo con un suspiro—. Los lectores apasionados son otros cuando hablan de libros.»

Azorada ante la nueva imagen que tenía ahora de Akiba, Sayo se recolocó debajo del brazo el ejemplar de *Orgullo y prejuicio*.

—Venga, ¡hasta luego, Rin-chan!

A la par que esa voz aguda se oyó el arranque de un motor, y el Fiat Cinquecento blanco avanzó con suavidad.

Era la hora del ocaso. El sol se ponía, y el límpido cielo azul del invierno iba tiñéndose de rojo.

Rintaro siguió con la mirada el pequeño vehículo en el que iba su tía mientras le decía adiós con la mano efusivamente para tranquilizarla. Cuando estuvo seguro de que el coche blanco había doblado la esquina, suspiró.

—No me llames Rin-chan, tía..., ya no soy un crío —refunfuñó, y era cierto.

El coche había desaparecido, pero la voz de su tía resonaba aún en su mente: «¿Me has entendido, Rin-chan? Empaqueta tus cosas y déjalo todo preparado para el traslado».

Desde el fallecimiento del abuelo, Rintaro había recibido la visita de su tía casi a diario, y ese día le había comunicado por fin la fecha del traslado.

Era una mujer alegre y optimista, y hasta ese momento Rintaro no había tenido que hacerle tanto caso como en un principio esperó. Resultaba atractiva, a pesar de ser menuda y regordeta, y, embutida en el Fiat blanco, parecía una especie de enanito del bosque de un viejo cuento popular.

No obstante, apariencias aparte, era una trabajadora infatigable y había ordenado la habitación del abuelo en un santiamén.

«Si te pasas la vida encerrado en este cuarto, acabarás deprimido», le había dicho a Rintaro, quien comprendió que esas palabras reflejaban una preocupación sincera. Era obvio que no podía quedarse encerrado en la librería en aquel estado anímico. Sin embargo, Rintaro sentía que todavía no podía irse de allí.

En el preciso momento en que perdía de vista el Fiat de su tía, vio que por el otro lado de la calle se aproximaba la delegada de su clase, que debía de regresar del instituto. Tuvo la sensación de que llegaba para salvarlo.

—¡Qué raro! Un *hikikomori* en la calle...

Sayo se le acercó con su alegre caminar de siempre.

—¿Vuelves del instituto?

—¿Te parece adecuado preguntarme eso cuando sigues faltado a clases sin justificación? ¿Se puede saber qué haces?

Sayo lo fulminó con la mirada. Aun así, a Rintaro esa franqueza le resultó agradable. Deseoso de cambiar de tema de conversación, volvió la vista hacia el otro lado de la calle.

—Ha sido por mi tía. Ha venido a decirme, de sopetón, que debo prepararme para el traslado. Pasado mañana vendrán los de la empresa de mudanzas.

—¿Pasado mañana? —se sorprendió Sayo, con los ojos desmesuradamente abiertos.

—Es que ya ha transcurrido casi una semana desde que falleció el abuelo. Creo que mi tía piensa que no puede dejar mucho más tiempo solo a un chico tan inexperto.

—Y tú, como siempre, tan tranquilo, como si todo esto no fuera contigo...

—Tranquilo no estoy.

—Lo que quiero decir es que otra vez estás enfrascado en tus pensamientos. Si no dejas de pensar de vez en cuando, se te recalentará el cerebro.

Rintaro no pudo sino forzar una sonrisa al oír aquel comentario de Sayo que parecía premonitorio.

—Creo que hoy será el último día que tengas que traerme la agenda de asistencia...

—¡No he venido por eso! —Sayo le mostró el libro que llevaba debajo del brazo—. Me ha encantado.

Esta vez fue Rintaro quien se sorprendió.

—¿Ya lo has leído?

—Sí. Por tu culpa me he pasado dos noches prácticamente en vela —dijo con voz de fastidio pero con ojos sonrientes. Dirigió la mirada hacia el interior de la librería y añadió—: Recomiéndame algunos más, anda. Como te mudarás en tan solo un par de días, me gustaría comprarte dos o tres —anunció con decisión y, sin esperar la respuesta de Rintaro, entró en la librería.

El chico se apresuró a seguirla, pero chocó con ella nada más cruzar la puerta porque Sayo se había detenido de repente.

—¿Yuzuki...? —empezó a preguntarle Rintaro, pero no continuó porque en cuanto miró hacia el fondo de la tienda comprendió qué sucedía.

—Estás en la flor de la vida, ¿verdad, Segunda Generación?

Era Tora, el corpulento gato de fabuloso pelaje y brillantes ojos de jade, y lo había dicho sin siquiera esbozar una sonrisa. De espalda al pasillo de las estanterías, envuelto en una luz pálida, tenía un aire majestuoso.

—¡Me alegra encontrarte de nuevo sin mucho que hacer!

—Pues, lo siento, sí tengo mucho que hacer. Por el traslado.

—No digas tonterías. Todavía no has empezado a preparar nada, ¿a que no? —Tras dejar desarmado a Rintaro, el gato volvió la cabeza despacio hacia Sayo y la saludó con una cortés reverencia—. Es un honor volver a verte. Gracias por preocuparte siempre por Segunda Generación, aquí presente.

—No es nada —le respondió Sayo. En lugar de perpleja, se la veía complacida con la situación. Esa increíble capacidad de adaptación la hacía muy competente como delegada de clase—. Pensaba que ya no volveríamos a vernos.

—¿Lo habrías preferido?

—Para nada. Me alegro de que nos encontremos de nuevo. El otro día me lo pasé muy bien.

El gato agradeció esas palabras tan espontáneas moviendo los bigotes y, acto seguido, volvió sus ojos de jade hacia Rintaro.

—Esta chiquilla tan dicharachera es realmente un encanto. No tiene nada que ver contigo, que pareces un crío, aunque eres casi un adulto, ya que te cuesta una barbaridad transformar los pensamientos en acciones.

—No te lo negaré... Pero que tengas razón no justifica tus intromisiones. Cada vez que apareces por la pared del fondo, me das un susto. ¡Y es muy desagradable!

—No te preocupes —le respondió el gato con indiferencia—. Esta es la última vez que lo hago.

—¿La última?

—Sí —respondió Tora y, tras hacer una breve pausa, agregó—: Te pido que me ayudes solo una vez más.

La voz profunda del gato resonó por toda la librería.

—Es el último laberinto —dijo Tora en un tono carente de emoción mientras avanzaba por aquel pasillo repleto de estanterías que no parecía tener fin.

Rintaro y Sayo lo siguieron en silencio a lo largo de aquel misterioso pasadizo abarrotado de libros e iluminado por infinidad de lámparas que pendían del techo.

—A decir verdad, has liberado muchos libros hasta el momento. Te lo agradezco.

—¿A qué viene ahora tanto formalismo? —Considerando la habitual lengua viperina del gato, Rintaro adoptó una actitud desconfiada—. Parece que estés preparándote para la despedida.

—No podría afirmarlo… ni negarlo —respondió el gato, esquivo.

Rintaro alzó el tono a modo de protesta.

—Me das un buen susto cuando apareces por sorpresa, ¿y también desaparecerás sin dar explicaciones?

—Es inevitable. Por naturaleza, los gatos actuamos sin tener en cuenta las necesidades de los humanos.

—Los gatos que yo conozco, por lo menos, no se dedican a lanzar dardos envenenados.

—Qué corto de miras eres. ¡El mundo está lleno de gatos como yo! —dijo Tora sin siquiera volver la cabeza.

Rintaro esbozó una sonrisa amarga.

—¡Cómo voy a echar de menos tus pullas!

—No te anticipes. Ya hablaremos de despedidas cuando salgamos del laberinto.

Tora se detuvo de repente y se volvió hacia Rintaro. Tenía una mirada desacostumbradamente seria.

—El dueño del tercer laberinto es un fastidio —dijo el gato a la vez que observaba con sus ojos de jade a Rintaro y, después, a Sayo.

La chica, que había seguido la conversación en silencio, recibió la repentina mirada de Tora arrugando la frente.

—¿Cómo?

—El último hombre es... distinto de los dos anteriores.

—¿Insinúas que debería volverme a casa porque es peligroso?

Por toda respuesta, el gato se lamió el hocico, dándose aires de importancia.

—Es un personaje imprevisible. En esta ocasión, Segunda Generación quizá se preocupe todavía más por ti.

—Entonces ¿esta vez estás de acuerdo con Natsuki?

—Para nada.

—Ah, ¿no?

—Aunque, para mí, tu presencia es totalmente inesperada, no creo que sea casual.

Ante esa respuesta imprevista, Sayo y Rintaro se miraron sorprendidos.

—Es posible que estés aquí por alguna razón. Y a eso no voy a oponerme —añadió el gato.

—Oye...

Rintaro se disponía a decir algo, pero Tora lo ignoró bruscamente y se inclinó hacia Sayo.

—Si sucediera algo, te pido que cuides de Segunda Generación.

Su voz profunda resonó con fuerza.

Sayo permaneció en silencio un instante, pero enseguida le dedicó una sonrisa más encantadora de lo habitual en ella.

—¿Eso significa que cuentas conmigo?

—Segunda Generación no es un chico estúpido. Sin embargo, como le falta coraje, se muestra indeciso en los momentos cruciales. No es de fiar, en ese sentido.

—Estoy de acuerdo.

—Criticadme, no os cortéis, aunque esté presente —intervino al fin Rintaro—. Yuzuki, no es necesario que me acompañes, dado que no sabemos qué pasará.

—La Sayo de antes quizá habría regresado al oír eso. Pero ahora sé que, si te pasara algo, yo también saldría perdiendo.

Esa inesperada réplica dejó sin palabras a Rintaro. Al verlo, Sayo le guiñó un ojo con picardía.

—Porque en ese caso no podrías recomendarme otro libro.

Tora dejó escapar una risita.

—¡Bien dicho! —exclamó y, sin más, se volvió y continuó avanzando.

Sayo lo siguió sin dudar.

Rintaro se había quedado rezagado y sin muchas alternativas. Tan pronto como se decidió a seguirlos, todo a su alrededor se vio envuelto por una luz blanquecina.

El escenario en el que se hallaron cuando la luz se desvaneció era insólito.

Lo primero que vieron fue un pasillo largo y estrecho ligeramente zigzagueante. Tenía más o menos la misma amplitud que aquel por el que habían llegado, pero, aparte de eso, no se parecían en nada. Para empezar, encima de ellos tenían ahora un cielo azul despejado por completo, y no un techo con una hilera de lámparas de luz tenue. A ambos lados, había sendos muros mucho más altos que Rintaro y, si bien no podían ver qué había más allá, gracias a la intensa luz solar se respiraba cierto aire de libertad.

Pero la escena que tenían delante no era en absoluto tranquilizadora, a pesar de todo.

—¡¿Eh?! —exclamó Sayo, la primera en reaccionar—. ¿Qué es esto? —añadió con una voz tan aguda que pareció un chillido.

Rintaro compartía su extrañeza, aunque no la manifestó con palabras.

Los muros que conformaban aquel pasillo estaban hechos con un montón de libros apilados. Bien mirado, más que apilados, estaban puestos uno encima de otro sin el menor cuidado. Algunos estaban rotos, otros se veían aplastados y los de más abajo estaban deformados por soportar el peso de los de arriba; poquísimos, pues, conservaban su forma primigenia. Simplemente, se habían ido amontonando sin orden ni concierto hasta formar aquellas paredes tan altas.

Era un espectáculo doloroso de ver, incluso para aquellos a quienes no les gustaban los libros tanto como a Rintaro.

—¡Vamos allá!

Al oír la voz profunda del gato, los chicos salieron de su estupor. No obstante, incapaces de expresar con palabras su perplejidad, se mantuvieron callados. Poco después, se miraron, asintieron a la par con la cabeza y emprendieron el camino.

Aquel pasillo sumido en el silencio serpenteaba de manera irregular, y la falta de perspectiva anuló enseguida su sentido de la orientación. Por si eso no bastaba, la intensa luz del sol hacía que el paisaje, sobre el que planeaba un aire de decadencia, transmitiera una sensación de opresión y de vacío aún más aguda, a tal punto que tuvieron la impresión de que los forzaban a transitar por una obra de arte contemporáneo de dudosa calidad.

Anduvieron sin saber cuán largo era el camino ni cuánto habían avanzado ya, pues también habían perdido el sentido de la distancia, y de pronto se toparon con un gigantesco muro gris.

—¿Hemos llegado al final? —dijo Sayo con cierto alivio.

—Quizá este sea nuestro destino... —aventuró Rintaro al tiempo que se detenía y alzaba la cabeza.

El aséptico muro gris que les barraba el camino tenía un sinfín de ventanas cuadradas y era tan alto que su final se perdía en una especie de neblina blanca. Las paredes laterales de libros les impedían hacerse una idea global, pero no cabía duda de que, frente a ellos, se alzaba un edificio enorme, una especie de rascacielos.

Después de avanzar unos cuantos pasos más, llegaron a los pies del edificio gris y vieron una puerta de cristal que no desentonaba con aquel estilo arquitectónico. Sobre ella, escrito con pulcros y elegantes caracteres, había un cartel: ENTRANCE.

—Yo diría que se nos invita a entrar —opinó el gato, aunque sin demostrar mucho interés, y avanzó con decisión.

Los paneles de cristal de la puerta se abrieron sin hacer ruido en cuanto estuvieron frente a ella, como si les diera la bienvenida. Y, al instante, apareció una mujer con un impecable traje de color lavanda que les dedicó una reverencia.

—Bienvenidos a la Sekai Ichiban Dōtshoten, la editorial más grande del mundo —dijo. Tanto su voz como la sonrisa que esbozó eran mecánicas. Y demostraba mucha presunción por su parte presentar aquella editorial como «la mayor del mundo»—. ¿Cómo os llamáis y cuál es el motivo de vuestra visita?

La voz injustificadamente alegre de la mujer dejó atónito a Rintaro. Aun así, preguntó:

—¿Por qué hay tantos libros apilados fuera del edificio?

—¿Fuera del edificio? —repitió la mujer que, sin dejar de sonreír, ladeó la cabeza unos treinta grados a la izquierda.

Rintaro se quedó estupefacto ante esas perfectas expresiones de falsa cortesía. Pero se obligó a reaccionar.

—Fuera del edificio, sí. Los libros están espantosamente...

—Vaya, ¿habéis venido a pie? ¡Eso es muy peligroso! Menos mal que no os ha pasado nada —dijo la mujer llevándose la mano al pecho con el ceño fruncido, en un intento de parecer muy preocupada.

Rintaro, que empezaba a cansarse de aquello, dejó escapar un suspiro al no saber cómo continuar.

—No te esfuerces, Segunda Generación —le dijo el gato con voz serena—. No sacaremos nada hablando con ella.

—Está claro que no —convino Rintaro, y se encogió de hombros.

—¿Cómo os llamáis y cuál es el motivo de vuestra visita? —repitió entonces la mujer.

A Rintaro le sonó a cantinela, pero se tomó un momento para reflexionar antes de responder.

—Me llamo Rintaro Natsuki. Venimos a... Venimos a ver al director general —concluyó.

Ante aquella inesperada respuesta, la mujer hizo una reverencia, se dirigió hacia la mesa de la recepción, descolgó el auricular del teléfono y mantuvo una conversación con alguien. Poco después regresó a la puerta y les dedicó otra reverencia.

—Disculpad la espera. El director os recibirá.

—¿Ahora mismo?

—Por supuesto, ya que habéis venido hasta aquí expresamente —sentenció y, sin esperar respuesta, echó a andar para guiarlos.

No estaba claro si se trataba de una demostración de eficiencia. No podían saber si detrás de todo aquello había una intención, un propósito o, sencillamente, nada. En cualquier caso, Rintaro se alegraba de haber conseguido librarse de aquella conversación inútil.

—Qué amable, el director, por recibir enseguida a unos visitantes que se presentan sin avisar.

—No seas iluso —le susurró Sayo al oído, acercándose a él—. Los directores suelen ser tipos calvos, gordos y malhumorados. Si bajas la guardia, saldrás malparado.

Rintaro, desconcertado por la prejuiciosa opinión de Sayo, se limitó a seguir a la mujer.

Los condujo por un pasillo recto desprovisto de ornamento alguno. Las losas de granito negro que cubrían el suelo estaban tan pulidas que se veían reflejados en ellas como en un espejo, y solo una alfombra roja destacaba en el centro de aquella impoluta negrura, como si les marcara el camino. La mujer avanzaba por ella a buen paso.

Habían caminado durante un rato cuando la mujer se detuvo sin previo aviso y se volvió hacia ellos.

—A partir de aquí, os guiará otra persona.

Unos pasos más allá por delante de ellos en la alfombra roja, había un hombre vestido de negro. Los saludó con una reverencia tan cortés que resultó exagerada.

—A partir de aquí, no podéis llevar bolsas ni otros efectos personales —anunció con voz opaca.

Decir aquello estaba de más, porque ninguno de ellos llevaba nada consigo. Sin molestarse en comprobarlo, el hombre les dio la espalda de inmediato y echó a andar. Rintaro y Sayo intercambiaron una mirada y lo siguieron.

Poco después, apareció otro hombre, este vestido de azul. Si bien el color del traje era distinto, los movimientos y la profunda reverencia que les dedicó eran idénticos a los del hombre de negro.

—A partir de aquí, cualquier título o autoridad que tengáis deja de tener validez —dijo sin siquiera pestañear.

Dicho eso, tal como había hecho el hombre de negro, se volvió de inmediato y echó a andar.

—¿Es broma?

—Ojalá fueran personas con las que uno pudiera bromear.

La respuesta de Tora no resultó tranquilizadora.

Tras seguir al hombre de azul durante un rato, apareció otro vestido de amarillo.

—A partir de aquí, debéis abandonar todo tipo de malicia y hostilidad —les anunció.

Rintaro ya no se cuestionaba nada. De modo que siguieron al hombre del traje amarillo durante otro rato más, hasta que, finalmente, el pasillo desembocó en un gran espacio diáfano. Rintaro y Sayo soltaron al unísono una exclamación de sorpresa. Era una sala muy amplia, de forma cilíndrica, tan alta que no alcanzaba a verse el techo. Miraron a su alrededor y vieron varias escaleras que ascendían desde varios puntos de la sala, sin orden aparente. Las escaleras se entrecruzaban intrincadamente en el aire y creaban galerías suspendidas a varios niveles como si se tratara de una telaraña. Tuvieron la sensación de estar observando la estructura interna de algún tipo de nave espacial.

—Disculpad el largo trayecto que habéis tenido que recorrer hasta llegar aquí —dijo el hombre del traje amarillo, y señaló hacia delante.

La alfombra roja terminaba en el centro de la sala, donde había un gran ascensor que apuntaba a la parte más alta. Junto a él, aguardaba un hombre vestido con un traje rojo que, como los anteriores, dedicó una profunda reverencia a Rintaro y sus acompañantes cuando se le acercaron.

La puerta del ascensor se abrió al tiempo que el hombre se inclinaba ante ellos, y vieron una cabina cuadrada con paredes de cristal.

—El director os está esperando. Subid, por favor —los instó con voz monótona.

Se disponían ya a entrar cuando, inesperadamente, el hombre de rojo se interpuso en el camino de Tora y le dedicó otra educada reverencia.

—Lo siento, pero a partir de aquí no pueden pasar perros ni gatos —dijo con voz monocorde, como la de un autómata.

Rintaro y Sayo se mostraron sorprendidos, pero Tora no pareció extrañarse. Y no solo eso, sino que hizo callar con la mirada a Rintaro, que estaba a punto de protestar.

—Ya te lo dije —le espetó—. Este tipo es un fastidio.

Ignorando a Rintaro, que iba a intervenir de nuevo, el gato dirigió la mirada hacia Sayo.

—Por suerte, estás aquí. No me habría quedado tranquilo de haber tenido que enviar solo al incompetente de Segunda Generación.

—Quizá esa sea la razón por la que he venido... —dijo Sayo esbozando una sonrisa irónica, y los ojos de jade del gato chispearon.

Como si quisiera poner fin a aquella breve conversación, el hombre del traje rojo les indicó en un tono que no admitía réplica:

—Pulsad el botón de la planta superior, por favor.

Lo cierto es que solo había uno.

Estaba en el centro de una gran placa metálica en la que se leía: PLANTA SUPERIOR.

—¡No hay ningún botón para bajar! —advirtió Sayo.

—Tal vez tengamos que volver por nuestros propios medios cuando hayamos resuelto el asunto —dijo Rintaro con un largo suspiro. Volvió la mirada hacia Tora, que se había quedado fuera del ascensor—. ¡Nos vemos pronto, compañero! —dijo con voz serena tras un breve silencio.

—¡Que así sea, Segunda Generación!

Como alentado por la voz firme del gato, Rintaro pulsó el botón de la planta superior. La puerta se cerró de inmediato y el ascensor empezó a elevarse con un ligero traqueteo. Dejando atrás al hombre del traje rojo y a Tora, el ascensor se adentró rápidamente entre las galerías colgantes. Se desplazaban cada vez a más velocidad, a través de estructuras geométricas repletas de ángulos y líneas rectas que los rodeaban en todas las direcciones. Hasta donde alcanzaba la vista, en las escaleras horizontales y verticales no se veía persona alguna. Aquello parecía una inmensa ilusión óptica, un trampantojo.

—¡Menos mal que no nos han hecho ir por las escaleras! Subir todo esto a pie sería durísimo —murmuró por fin Rintaro.

Sayo se dio cuenta de que era lo mejor que se le había ocurrido para romper aquel silencio opresivo y le sonrió.

—Es más inquietante de lo que me imaginaba.

—Puede que hubiera sido mejor que ese gato petulante y creído nos acompañara. Como suele decirse, incluso una montaña con los árboles secos es preferible a una que está pelada.

—Cuidado con tus comentarios, no sea que se enfade nuestro «árbol seco».

Se miraron y estallaron en carcajadas.

La oscuridad era cada vez más intensa fuera del ascensor. Era como si estuviera anocheciendo, a pesar de que se encontraban en el interior del edificio. Las complejas estructuras que había al otro lado de las paredes de cristal de la cabina estaban sumidas en la oscuridad y, puesto que no veían nada, no tenían ni la más remota idea de si el ascensor seguía subiendo o si se había detenido ya.

—Al principio pensé que no me importaba si no podía regresar —murmuró Rintaro casi sin darse cuenta.

Sayo se mantuvo en silencio con la mirada fija en el perfil de Rintaro.

—La primera vez que ese gato tan extraño me llevó con él, pensé que si aquello era un sueño me daba igual no despertarme, y que tampoco pasaría nada si, por el contrario, no lo era y no podía volver a casa.

Rintaro se tocó las gafas con cuidado, como si se las pusiera bien.

—Desde que ese gato apareció, he estado pensando mucho. Tengo la sensación de que algo ha cambiado en mi modo de ver las cosas.

—Si tu actitud desmotivada ahora es más constructiva, ¡bienvenido sea el cambio! —le soltó Sayo sin ambages.

Rintaro sonrió.

—Admito que tengo un carácter pasivo, pero soy sincero cuando digo que no quiero poner en peligro a la delegada de mi clase.

—A veces me da la sensación de que hablas para seducir a las chicas. ¿No será porque lees demasiados libros?

—Deja que me explique. Lo que pretendo decir es que lamento mucho haberte metido en un asunto tan rocambolesco.

—Nadie te ha pedido que te preocupes. De hecho,

me lo estoy pasando de maravilla. Además, todo esto me ha hecho descubrir una faceta tuya inesperada. ¡Y es estimulante!

—¿Una faceta mía… inesperada?

—¡Déjalo estar! —cortó de inmediato Sayo, esta vez riéndose abiertamente.

La imagen de Rintaro que Sayo tenía en mente era la del chico enfrentándose con coraje al erudito de la bata blanca en aquel extraño Instituto de Investigación sobre la Lectura. Esa escena había impactado a Sayo, pero Rintaro, claro, no era consciente de ello.

Justo cuando Rintaro iba a preguntarle de nuevo a qué se había referido, notaron que el ascensor aminoraba súbitamente el ascenso y, enseguida, que se detenía.

La puerta se abrió sin hacer el menor ruido y se encontraron en un lugar envuelto en la penumbra. La amplitud del espacio no se apreciaba a causa de la oscuridad, pero vieron en el centro una alfombra de color rojo intenso que parecía indicarles el camino que debían seguir. Al final de esta, se encontraron con una majestuosa puerta de madera decorada con bajorrelieves de motivos geométricos. Era tan impresionante que incluso intimidaba.

—Confío en ti, Natsuki.

—Decirlo no basta…

—Sé que todo irá bien —insistió Sayo con voz tranquilizadora al ver que Rintaro se desanimaba por momentos—. Eres mucho más valiente de lo que te crees. Y en lo tocante a los libros, sobre todo, no tienes el menor motivo para sentirte asustado. Incluso Akiba, que es mayor que tú, te admira.

Rintaro se quedó atónito al oír de improviso aquel nombre.

—¿Akiba?

—¡Sí! A menudo habla muy bien de ti en el instituto. Tiene un punto superficial que no me gusta, pero no es una persona que diga mentiras, ¿no te parece?

Las palabras de Sayo fueron para Rintaro tan tranquilizadoras como un cielo azul en pleno invierno. Poco a poco, una especie de calidez fue impregnando el fondo de su alma. Afirmar que era coraje habría sido exagerado, pero sin duda se trataba de un sentimiento capaz de provocarlo.

De repente, notó que Sayo le daba en la espalda una palmada con su blanca mano.

—Devuélveme a casa sana y salva, Natsuki.

Con el tacto de la palma de Sayo aún impreso en la piel, Rintaro avanzó un paso cauteloso en la alfombra roja. El temor no lo había abandonado, pero alzó la mirada al frente, convencido, aun sin saber por qué, de que debía seguir adelante.

Inspiró profundamente y empezó a andar.

«Realmente te gustan los libros, ¿eh?»

Esas sinceras palabras que una vez pronunció Ryota Akiba resonaron en la mente de Rintaro.

Al poco tiempo de que Rintaro entrara en el instituto conoció a ese brillante estudiante de un curso superior al de él. Guardaba las distancias con Akiba, quien de vez en cuando aparecía por la librería. Al fin y al cabo, era el jugador estrella del equipo de baloncesto, el mejor alumno de su promoción y formaba parte del consejo estudiantil; era, en resumen, un muchacho dotado de capacidades extraordinarias. Rintaro, que vivía recluido en la librería de viejo de su abuelo, lo consideraba una especie de habitante de otro planeta. En cierta ocasión, le preguntó por qué un estudiante tan destacado como él se tomaba la molestia de frecuentar la librería Natsuki.

—Pues porque tenéis buenos libros. ¿Por qué va a ser, si no? —le había contestado Akiba como si la respuesta fuera obvia. Ante la extrañeza de Rintaro, prosiguió—. Si no has comprendido lo fantástica que es esta librería, aun estando en ella, niegas a tu abuelo la satisfacción que se merece.

Dicho eso, Akiba continuó describiendo con elogios su fascinación por aquel lugar.

—Aquí hay libros que se consideran obras maestras de la literatura universal. Todos han perdurado a lo largo de los tiempos, pero empiezan a desaparecer de las librerías al uso; de hecho, cada vez cuesta más encontrarlos. Aquí, en cambio, los tenéis prácticamente todos. —Akiba, dio unos golpecitos con los nudillos en la estantería que tenía ante sí, como si llamara—. Puedo entender que no tengan las obras de Anderson o de Johnson, pero es que últimamente incluso las de Kafka y de Camus están descatalogadas, y son pocas las librerías que disponen de las obras completas de Shakespeare.

—¿Por qué?

La respuesta era tan breve como sencilla e inobjetable.

—Porque no se venden —contestó Akiba—. Las librerías no son organizaciones benéficas. Si no obtienen beneficios, han de cerrar. Por eso, los libros que no se venden van desapareciendo. Y en la actualidad las librerías de segunda mano tienen los estantes llenos de libros que han quedado fuera del mercado, y poseen colecciones tan impresionantes como esta. Bueno, quizá podéis tener semejante surtido porque sois una librería de segunda mano, pero viniendo aquí uno puede estar seguro de encontrar la mayoría de las grandes obras maestras, a menos que sean libros sumamente raros.

Siguió golpeteando el estante de madera con los nudillos, y de pronto, miró a Rintaro a los ojos exhibiendo una gran sonrisa.

—Además —agregó—, esta magnífica y compleja colección de libros cuenta con un guía muy competente.

—¿Un guía?

—¿Tenéis *Adolphe*, de Constant? El otro día leí en internet que es una novela muy interesante. No he conseguido encontrarla en las librerías de los alrededores.

—¡La tenemos! —exclamó Rintaro, y se apresuró a sacar un librito un tanto estropeado de un estante un poco alejado de ellos—. De Henri-Benjamin Constant. Es una obra famosa, un retrato psicológico bastante peculiar. Diría que el autor era francés, de principios del siglo XIX.

Akiba no alargó de inmediato la mano para coger el libro que Rintaro le ofrecía, sino que miró alternativamente al joven y al libro con expresión divertida. Al final, se echó a reír.

—Realmente te gustan los libros, ¿eh? —le dijo con voz alegre.

Fue un estallido de alegría que contrastaba con el habitual ambiente de la librería Natsuki.

—¡Bienvenidos a la Sekai Ichiban Dōshoten! —los saludó una voz exultante en cuanto se abrió la enorme puerta.

Entraron en una estancia tan grande como el aula de un colegio. Del techo colgaba una gigantesca lámpara de araña, el suelo estaba cubierto con una alfombra lo bastante tupida para amortiguar el sonido de los pasos, y unas cortinas de color rojo intenso cubrían por completo las cuatro paredes.

Al fondo de ese extravagante espacio tan ostentoso vieron un reluciente y amplio escritorio tras el cual se vislumbraba una figura humana. Era un hombre de unos sesenta años de aspecto distinguido, de complexión delgada y con un impactante pelo blanco.

Estaba cómodamente sentado en un sillón de oficina negro y llevaba un traje de tres piezas que le quedaba como un guante. Los observaba con el semblante relajado y las manos entrelazadas sobre el escritorio.

—No es como los demás —susurró con disimulo Sayo a Rintaro—. Los directores generales siempre son calvos y gordos. ¿No será uno de esos diligentes ejecutivos que se hacen pasar por el jefe?

Ante un comentario tan repleto de prejuicios, Rintaro esbozó una sonrisa. Esa falta de tacto no le pareció propia de Sayo, y le resultó fascinante.

El hombre los saludó desde su sillón inclinando la cabeza y alzando la mano derecha.

—Adelante, por favor. Soy el director general de la empresa.

Movió la mano que tenía alzada para señalarles el sofá que había delante de él. A pesar de que acababa de invitarlos a tomar asiento, ambos se mostraron indecisos a acomodarse en aquel sofá de piel con un aspecto tan lujoso y caro. Pero al director pareció no importarle que rehusaran su ofrecimiento.

—Os agradezco la visita. Llegar hasta aquí no ha debido de resultaros fácil. La entrada queda bastante lejos y el personal de seguridad es muy estricto.

—A un buen amigo nuestro le han prohibido la entrada.

—Ah, sí... —El director entornó los ojos bajo sus blancas cejas—. Disculpadme, es que no soporto a los gatos.

—¿No le gustan?

—De hecho, no es que no me gusten, es que los odio. En especial, si son inteligentes.

De repente, de aquellos labios que esbozaban una sonrisa habían salido palabras hirientes como cuchillos. Rintaro se puso tenso. Puede que el director lo notara o puede que no; en cualquier caso, se mantuvo imperturbable.

—Os pido disculpas... No era mi intención ser grosero con los visitantes de la librería Natsuki. Lo siento.

—¿Conoce la librería Natsuki?

—Por supuesto. —El director se acarició la puntiaguda barbilla—. Es una destartalada y anticuada librería de segunda mano que existe por y para su propia complacencia, con montañas de libros complejos que hoy día no se venden ya, ¿me equivoco? Cuánto envidio vivir así de relajado, sin obligaciones, ni responsabilidades ni presiones... —concluyó con una amplia sonrisa.

Más que un ataque sorpresa, aquello era una declaración de guerra en toda regla.

Desprevenida, Sayo no supo reaccionar. Pero Rintaro sí. Desde el principio, su instinto le advirtió que detrás de su sonrisa aquel hombre ocultaba algo extrañamente inquietante. De hecho, en cuanto se enteró de que el gato tenía prohibido el acceso, se preparó para encontrarse con un interlocutor difícil.

Mientras Rintaro reflexionaba, el director, que mostraba un semblante sereno y amable, siguió hablando con voz impasible.

—Al saber que veníais de esa estrafalaria librería de segunda mano, también yo he tenido interés en veros. Me gustaría oír los improperios que sin duda me dedicaréis.

—¡Haría bien en reconsiderar la decoración de esta estancia!

El comentario de Rintaro cogió desprevenido al hombre y no supo cómo reaccionar.

—¿La... decoración?

—Sí. Hacer ostentación ante los visitantes de esa reluciente lámpara de araña que da dolor de cabeza, o de esa absurda y asfixiante alfombra que cubre todo el suelo, lo único que demuestra es mal gusto. A no ser que lo haga por pura diversión, será mejor que cambie todo eso cuanto antes.

El director frunció ligeramente su blanco ceño, aunque mantuvo la sonrisa.

Sin embargo, Rintaro no se detuvo.

—Le pido disculpas si estoy ofendiéndolo, pero mi abuelo solía decirme que advertir a la gente de que hace el ridículo es un acto de consideración hacia los demás, aunque con ello te ganes su enemistad. Y lo que hay en este despacho es tan chabacano que cuesta creerlo.

—Eh, Natsuki —le dijo Sayo, nerviosa, tratando de detenerlo.

Rintaro por fin cerró la boca. Se había dado cuenta de que aquella actitud beligerante no era propia de él. Semejante agresividad no iba con su naturaleza, y se le daba mejor razonar pausadamente, aunque pareciera tímido y patoso. Sin duda, era un proceder más apropiado y constructivo. No obstante, a pesar de que todo eso ya lo sabía, se había comportado así porque estaba a la defensiva. Y la razón era obvia: esa vez no se mofaban de él, sino de la librería Natsuki.

El director, que había permanecido inmóvil durante un instante, dejó escapar un leve suspiro.

—Por lo visto, estaba equivocado. Ignoraba que en la librería Natsuki hubiera un chico con tantas agallas.

—No sé si tengo agallas. Lo único que sé es que me gustan los libros.

—Entiendo... —dijo el director al tiempo que asentía con la cabeza en un gesto de benevolencia.

Se quedó pensando unos segundos y, esa vez, movió de lado a lado la cabeza.

—¿Así que te gustan los libros? Qué mal... —masculló, y a continuación alargó su huesudo brazo y presionó con fuerza un gran botón que había en el escritorio.

Se oyó entonces una especie de rumor mecánico y las cortinas de color rojo intenso que cubrían todas las paredes, excepto la de la puerta por la que habían entrado, empezaron a descorrerse a la vez hasta que, finalmente, la luz del sol inundó por completo la estancia.

Rintaro entornó los ojos, deslumbrado e incapaz todavía de entender qué sucedía. Parecía que se encontraban en la sala de un altísimo rascacielos con tres paredes acristaladas desde las cuales se veían varios edificios enormes, muy parecidos a aquel, de cuyas ventanas caía en abundancia algo blanco que flotaba en el aire, como la nieve, antes de llegar al suelo.

Cuando sus ojos se acostumbraron a la luz, Sayo dejó escapar un grito ahogado. Rintaro, que por fin había comprendido la escena del exterior, se quedó sin aliento.

El aire esparcía por todas partes aquella especie de copos de nieve. Salían disparados de las numerosas ventanas de los edificios, danzaban revoloteando y caían sin tregua sobre el distante suelo.

Pero no eran copos, sino libros.

Salían a centenares desde las ventanas de todos aquellos edificios, y el viento los vapuleaba mientras caían zigzagueando al suelo. En algunos lugares, se diría que los edificios estaban rodeados por una tormenta de nieve. Si todo aquello eran libros, había una cantidad exorbitante.

Pero no se trataba únicamente de los que había en el aire. Si se miraba hacia abajo, el espectáculo era igual de inverosímil. Hasta donde alcanzaba la vista se extendía un océano de millares de libros, amontonados unos sobre otros.

Rintaro y Sayo observaron atónitos que caían libros incluso desde las ventanas más cercanas a ellos, tanto que casi habrían podido tocarlos. Y eso significaba que también los estaban lanzando desde el edificio en el que se encontraban.

—¿Sabéis qué es? —les preguntó el director con una sonrisa afable.

—No, no sabemos qué es. Pero sí que se trata de un espectáculo deplorable.

—Es el mundo real de hoy.

Rintaro se había quedado sin palabras.

—Este edificio es la sede de la editorial más grande del mundo y todos los días publicamos más libros que estrellas hay en el firmamento. Van directos hacia ese océano que se ve ahí abajo.

—Parece que se estén lanzando fajos y fajos de papel sin motivo alguno, solo por aumentar el volumen de basura.

—¡Bienvenidos a la realidad! —se apresuró a replicar el director—. Esta es una editorial muy importante y famosa. Cada día publicamos montañas de libros y los vendemos en masa a la sociedad. Con las ganancias que obtenemos, producimos más libros para revenderlos a gran escala. Y puesto que no paramos de vender, nuestros beneficios son cada vez mayores.

El director agitó en el aire una mano, en la que llevaba un anillo precioso, como si imitara la caída de los libros del otro lado de la ventana.

Por mucho que se empeñaba, Rintaro no encontraba sentido a todo aquello.

De repente, se acordó de la enorme cantidad de libros apilados de cualquier modo que habían visto de camino hacia allí. Aquel extraño paisaje, la infinidad de libros que caían ante sus ojos en ese momento y la voz sosegada del director bloquearon su mente y lo arrastraron a una ciénaga de dudas y confusión. Incluso las palabras de la mujer de la recepción al decirles que caminar por el exterior era muy peligroso le resultaban ahora, al recordarlas, extrañamente cómicas.

—Si es una broma, no tiene gracia. Los libros no son para tirarlos, sino para leerlos.

—¡Qué ingenuo eres…! —exclamó el director. Cogió un libro que tenía encima del escritorio con desgana y añadió—: Los libros son artículos de consumo. Mi trabajo consiste en pensar la manera más eficaz para que la sociedad los adquiera. No podría estar en este negocio si los libros me apasionaran. En cualquier caso...

El director hizo girar de pronto el sillón negro, abrió

de un empujón la ventana que tenía más cerca y lanzó el libro que tenía en la mano. En el exterior, el libro se abrió y se detuvo en el aire un segundo, como si hubiera recordado algo, pero de inmediato desapareció de su vista.

—Nuestro trabajo consiste en esto.

Rintaro comprendió de repente el significado de las palabras del gato: «El último hombre es… distinto de los dos anteriores». Por excéntricos que fueran, a los dos hombres de los laberintos anteriores les gustaban los libros. Eran su pasión. Sin embargo, el que tenían ante sus ojos parecía que no sentía por ellos el menor aprecio. Peor aún, trataba los libros como si fueran basura. Por eso Tora había dicho que era difícil predecir sus movimientos.

—¿Estás bien, Natsuki? —oyó que le decía Sayo de repente.

Rintaro volvió la cabeza y vio que su compañera de clase lo observaba fijamente. En respuesta, asintió con un gesto y, acto seguido, dirigió la mirada de nuevo hacia el hombre sentado en el sillón negro.

—Estoy aquí porque un amigo me ha pedido que venga a salvar los libros.

—¿A salvarlos?

—Exacto. Y creo que se refería a que he de detenerlo a usted.

—¡Menuda tontería! Ya te lo he dicho: este es mi trabajo. No tiene nada que ver con salvar libros o no.

—Pero los está tirando como si fueran trozos de papel inservible. Si esa es la actitud de quien los publica, no transmitirá nada a quienes los lean. ¡Y aún se atreve a decir que el número de lectores está disminuyendo...! Si las personas que ocupan su posición tienen su misma actitud, ¿no le parece normal que cada vez haya menos personas interesadas en los libros y que los lectores mengüen a marchas forzadas?

Esas palabras apasionadas y mordientes de Rintaro dejaron paralizado al director de pelo blanco.

Bajo las blancas cejas, sus ojos se mantuvieron inexpresivos, de manera que resultaba difícil adivinar qué pensaba. Por si fuera poco, la perenne sonrisa seráfica de sus labios le confería un aire todavía más impenetrable.

Durante aquellos instantes de silencio, Rintaro y Sayo vieron que al hombre empezaban a temblarle ligeramente los enjutos hombros. Al poco, esas ligeras vibraciones se convirtieron en sacudidas y, al final, estalló en carcajadas.

Sus risotadas secas y fuertes resonaron por toda la estancia.

Mientras seguía riendo ante los asombrados Rintaro y Sayo, el director trató de controlar su ataque de risa apoyando la frente en su mano izquierda al tiempo que, con la derecha, daba dos o tres palmadas en el escritorio.

—¡Mira que eres tonto! —exclamó al cabo con una

frialdad inequívoca y punzante mezclada con sus carcajadas—. Bueno, afirmar que solo tú eres tonto no es exacto. Porque el mundo está lleno de gente equivocada como tú.

—¿Gente equivocada...?

—¡Eso es! ¿Quieres saber en qué estáis equivocados? ¡En pensar que no se crean libros para venderlos! —Soltó otra sonora carcajada y prosiguió—: En la actualidad, decir que los libros no se venden es falso. Se venden, y muchísimo. De hecho, la Sekai Ichiban Dōshoten hoy obtendrá, una vez más, beneficios.

—Lo dice con ironía, ¿no?

—En absoluto. Es un hecho. Vender libros es muy fácil. Basta con atenerse a una sencilla regla.

Rintaro guardó silencio, sobrecogido, mientras el director lo observaba con expresión divertida y, como si le revelara el mayor de sus secretos, le susurró:

—Vende los libros que se venden. Esa es la regla.

Eran palabras extrañas, pero encerraban un sentido peculiar.

—¡Eso es! —reiteró con una sonrisa—. Aquí no publicamos libros para transmitir nada, sino los que la sociedad pide. No me importan los mensajes que deban comunicarse, las ideas que haya que legar a las siguientes generaciones, las realidades crueles o las verdades complejas. Eso no es lo que quiere la sociedad. Las editoriales no necesitan saber qué habría que transmitir al mundo. Lo que precisan saber es lo que la sociedad quiere que se le transmita.

—Me parece que… eso que afirma es muy peligroso.

—¡Pues debes de ser listo solo olfateando el peligro! —Sin dejar de reír, el director cogió un cigarrillo del escritorio y lo encendió con calma—. Pero es la pura realidad. Así es como nuestra empresa sigue acumulando buenos beneficios.

Más allá del humo que se elevaba, continuaban cayendo libros y más libros.

—Incluso tú, que has crecido en la librería Natsuki, deberías saberlo. Hoy en día, las personas están demasiado ocupadas y no tienen tiempo ni dinero para gastar en voluminosas obras maestras de la literatura. No obstante, como la lectura sigue considerándose un símbolo de estatus social, todo el mundo está desesperado por incluir en su mísero currículo de lecturas algunos libros de cierta dificultad. Nosotros pensamos en esas personas y hacemos libros para ellas. Es decir… —Echó la cabeza hacia delante, con la intención de resumir cuanto acababa de expresar—. Los compendios y las sinopsis mediocres se venden que da gusto. —Se rio con ganas sacudiendo los hombros—. Ahora bien, para los lectores que únicamente buscan estímulos, los libros más adecuados son los que incluyen descripciones explícitas de violencia y sexo. Y para los que están faltos de imaginación, solo con que añadamos en la cubierta la frase «Basado en una historia real», la tirada aumenta, las ventas crecen y todos contentos.

Rintaro empezó a sentirse cada vez más aturdido.

—Y para los que no han tenido nunca un libro en las manos es tan sencillo como compilar un poco de información simple, como *Los cinco principios del éxito* o *Las ocho claves para triunfar en la vida*. Es incuestionable que quienes compren libros así no alcanzarán esos objetivos solo por leerlos, pero lo ignoran. En cualquier caso, la finalidad principal, que es vender libros, se habrá cumplido a la perfección.

—Pare, por favor.

—No, no pararé —respondió el director con voz inexpresiva.

De repente, pareció que la temperatura de la habitación bajaba un par de grados.

A pesar del escalofrío que le recorrió el cuerpo, a Rintaro se le perló la frente de sudor.

El director giró un poco su sillón y miró a Rintaro de reojo.

—Entre los libros que tú valoras y los que la sociedad quiere hay una diferencia abismal. —En sus ojos destellaba ahora cierta compasión—. Haz memoria… ¿Van muchos clientes a la librería Natsuki? Hoy en día, ¿hay personas que leen a Proust o a Romain Rolland? ¿Hay alguien que gaste grandes sumas de dinero en ese tipo de libros? Sabes bien qué libros demandan la mayoría de los lectores, ¿no? Cosas sencillas, baratas y estimulantes. Lo único que podemos hacer es adaptarnos a los libros que nos piden.

—Pero entonces… —Rintaro se esforzaba en encontrar las palabras adecuadas—. Así los libros no hacen más que perder peso.

—¿Dices que pierden peso? Qué modo tan gracioso de exponerlo... Pero aunque te pongas poético, los libros no se venderán más.

—Vender no lo es todo. Al menos, mi abuelo se mantuvo firme en sus convicciones hasta el final.

—¿Acaso pretendes que reunamos todos los libros que no se venden y que se suiciden juntamente con todas las obras maestras de la literatura universal? Porque eso es lo que hacéis en la librería Natsuki, ¿no?

Rintaro frunció el ceño y le sostuvo la mirada, incapaz de hacer nada más.

—La verdad, la ética y la filosofía no interesan a nadie. El solo hecho de vivir ya cansa a la gente, y lo que busca son estímulos y experiencias terapéuticas. Para que los libros sobrevivan en una sociedad como esta, lo único que podemos hacer es transformarlos. Te lo diré de otro modo: lo que importa es que se vendan. Por más excelsa que sea una obra, si no se vende, desaparecerá.

Rintaro sintió un ligero mareo y se llevó una mano a la frente. Después se tocó con ella la montura de las gafas, pero, a diferencia de otras veces, no consiguió tener una idea brillante. Las palabras de su interlocutor se habían ido por otros derroteros totalmente distintos de los que él había imaginado.

Si se hubiera tratado de discutir acerca del valor y el

atractivo de la literatura, Rintaro podría haber hablado durante horas. Sin embargo, nunca se había detenido a pensar en el valor de los libros en los mismos términos que el hombre que tenía delante. Pertenecían a dos mundos diferentes por completo.

—Todo va bien, Natsuki —oyó que decía Sayo inesperadamente.

Rintaro notó un tirón en el brazo izquierdo y volvió la mirada para ver quién se lo daba. Era Sayo, que se había acercado a él sin que se diera cuenta y ahora le apretaba el brazo.

—Todo va bien.

—La verdad es que a mí no me lo parece...

—Aun así, va bien.

Sayo plantó cara al hombre del escritorio.

—Lo que dice es absurdo. De eso no cabe duda.

—Yo también creo que es absurdo, Yuzuki. No obstante, tiene cierta lógica.

—No es una cuestión de lógica —lo contradijo Sayo con más convicción todavía—. Ignoro si las palabras de este hombre la tienen, o si él tiene razón, pero lo que dice, desde luego, es… antinatural.

Rintaro miró con sorpresa el perfil de Sayo, y en ese instante resonaron en su mente unas palabras que el gato había pronunciado en cierta ocasión: «En este laberinto, el poder de la verdad es lo que cuenta. Pero no todo es cierto por fuerza. Seguro que en su discurso hay algo falso».

«Eso es», pensó Rintaro al tiempo que asentía con la cabeza.

Se había dejado arrastrar por la radicalidad de las palabras de aquel hombre. Tenía una elocuencia arrolladora, pero lo que decía no era del todo coherente.

Rintaro se tocó de nuevo la montura de las gafas.

—Es inútil que te empecines en pensar, Rintaro Natsuki.

La relajada voz del director resonó en la estancia a la vez que una densa bocanada de humo de tabaco se alzaba en el aire.

—Eres joven aún. Y hay hechos que te niegas a aceptar. Pero yo sé muy bien cómo funciona el mundo. Lo que establece el valor de los libros no es la profunda pasión que sientes por ellos, sino el número de ejemplares que se publican. Es decir, hoy en día, el factor determinante del valor es la moneda. Las personas con ideales que olvidan esta regla quedan excluidas de la sociedad. Triste…, pero cierto.

Lo dijo en un tono especialmente profundo y paciente. Pretendía, sin duda, distraer los pensamientos de Rintaro.

Sin embargo, la mano de Sayo seguía aferrada con fuerza a su brazo, como si con ello tratara de afianzar los pensamientos todavía inseguros de su compañero.

El director se reía despreocupadamente.

Rintaro se esforzó en pensar.

Cuando por fin creía haber progresado en sus consideraciones, la risa del director y el maloliente humo de su cigarrillo lo invadieron, envolviéndolo en una densa neblina. Aun así, se abrió paso entre ella y siguió avanzando. No iba a detenerse.

—Admito que la librería Natsuki es un tanto peculiar.

Rintaro fulminó con la mirada a su molesto interlocutor, que permanecía sentado al otro lado del gran escritorio.

—Tenemos pocos clientes y apenas vendemos libros, pero es una librería muy especial.

—Tus palabras rezuman desesperación, muchacho. —El director hizo un ampuloso gesto de negación con la cabeza—. Y eso es exactamente lo que siento ahora. Tus sentimientos personales me traen al pairo.

—No son mis sentimientos personales. Tienen los mismos todas las personas que vienen a la tienda. Mi pequeña librería de segunda mano transmite las convicciones genuinas que tenía mi abuelo, y todo aquel que cruza el umbral de la puerta las siente. Por eso es un lugar especial.

—Tu razonamiento es ambiguo e idealista. Así no vas a convencer a nadie. ¿Podrías explicarme con más concreción en qué consisten esas «convicciones genuinas» de tu abuelo?

—No es necesario que se las explique. Son las mismas que las suyas.

El director se quedó atónito por la tranquilidad con

la que Rintaro le había lanzado aquellas palabras. Permaneció tan quieto que parecía que no quisiera volver a moverse.

El hilo de humo que se elevaba del cigarrillo que sujetaba entre los dedos fue haciéndose cada vez más delgado, hasta que se extinguió. Fue entonces cuando el director reaccionó.

—No entiendo muy bien lo que me cuentas —dijo entornando los ojos.

—Eso también es mentira.

Las cejas blancas del hombre se arquearon unos milímetros.

—Antes ha dicho que los libros son artículos de consumo, que en este trabajo no es posible amarlos.

—Así es.

—¡Pues es mentira! —exclamó Rintaro, y su voz resonó con fuerza en la estancia.

La ceniza del cigarrillo tembló de pronto y cayó delicadamente en el cenicero.

—Usted mismo ha dicho también que los libros deben cambiar para sobrevivir. ¿Acaso eso no significa que le gustaría que los libros sobrevivieran? Si realmente pensara que los libros son tan solo artículos de consumo, no se habría expresado en esos términos.

—Es un razonamiento muy sutil.

—Los aspectos sutiles son los importantes. Si usted considerara que los libros son meros papeles, podría dejar este trabajo sin problemas. Sin embargo, está poniendo todo su empeño en cambiar los libros para que perduren. A usted le gustan los libros. Por eso sigue ahí sentado haciendo cuanto puede. Como hizo mi abuelo.

En cuanto Rintaro dejó de hablar, un silencio incómodo se apoderó de la estancia.

En medio de aquella calma, de cuando en cuando se veía caer algún libro del otro lado de la ventana sin hacer ruido. Aun así, cada vez caían menos.

El director miró unos instantes a Rintaro, luego giró su sillón lentamente y observó el desolador paisaje que se veía por los ventanales.

—Qué más da —dijo al fin—. Todo eso son consideraciones sin importancia. Sean cuales sean mis sentimientos, hay que aceptar la realidad. Los libros cada vez perderán más peso, sí, y la gente se centrará en ellos. Y, a su vez, los libros se adaptarán a las exigencias de los compradores. Ya nadie podrá detener ese círculo. Por muy especial que sea, la librería Natsuki no parará de perder clientela. Y la mejor prueba de ello es que eso ya está sucediendo, ¿a que sí?

—¡No diga eso!

Una potente voz atravesó el aire de la sala.

El director y Rintaro movieron la cabeza al unísono. Sayo, erguida al lado de Rintaro, se había hecho oír con su característica voz rebosante de energía.

—Usted no es quién para dar por hecho que la clientela de la librería Natsuki seguirá disminuyendo. Entre los clientes habituales, por ejemplo, está Akiba, un chico un año mayor que nosotros que es un estudiante muy brillante, aunque con un carácter un poco peculiar… Y ahora yo también soy una clienta habitual —concluyó con voz firme y decidida, aunque cuanto había dicho no era como para sacar pecho.

El director se mantuvo imperturbable, a pesar de todo.

—Me da que con ese volumen de ventas las ganancias han de ser magras. Si no hay ventas, no tiene sentido mantener abierto un negocio. Las librerías no son organizaciones benéficas.

—Según usted, ¿cuánto hay que ganar para sentirse satisfecho?

—¿Cuánto?

El director no se esperaba que Rintaro le formulara esa pregunta y abrió los ojos ligeramente.

—El abuelo solía decir que, cuando se empieza a hablar de dinero, nunca hay límites. Si se tiene un millón, se quieren dos; si se tienen cien, se quieren doscientos. Por eso afirmaba que es mejor dejar el dinero a un lado y hablar del libro que uno está leyendo. No digo que las librerías no tengan que ganar dinero, no es eso. Lo que digo es que también hay que tener en cuenta cosas que son tan importantes como los beneficios monetarios.

Rintaro fue pronunciando esas palabras como si las soltara conforme iba pescándolas, una a una, a medida que afloraban en su mente, sin usar un tono persuasivo ni demostrar el deseo de convencer a nadie. Era un discurso con el que solo pretendía transmitir lo que pensaba.

—Si se dedica a publicar libros, aunque las cosas no vayan como usted esperaba, no debería afirmar que son artículos de consumo. Debería decir, y en voz alta, que le gustan los libros. ¿O no?

El director mantuvo la mirada fija en Rintaro, sin mover un solo músculo. Luego, con las manos entrelazadas sobre el escritorio, entornó los ojos como si algo lo deslumbrara de pronto.

—Si yo dijera eso..., ¿cambiaría algo?

—Claro que cambiaría —le respondió Rintaro sin demora—. Tan pronto diga que le gustan los libros, dejará de publicar libros que no le gustan.

El director abrió ligeramente los ojos y separó un poco los labios.

Los otros tardaron en darse cuenta de que aquello era una sonrisa amarga.

Enseguida dejaron de verse libros cayendo al otro lado de la ventana. Todo se quedó en calma, como si el tiempo se hubiera detenido.

—¡Qué duro sería vivir así...! —dijo el director por fin mirando a Rintaro a los ojos.

Rintaro le sostuvo la mirada.

—Lo duro es estar ahí sentado diciendo que los libros son artículos de consumo.

—Ya... —murmuró el director.

Justo en ese instante, la puerta de la sala se abrió de improviso y apareció la mujer de la recepción.

—Se acaba el tiempo —anunció, pero el director la hizo salir con un ligero gesto de la mano.

Volvió a quedarse inmóvil en medio del silencio, más profundo ahora, hasta que por fin alargó la mano derecha lentamente hacia la puerta por donde acababa de desaparecer la mujer. Las dos hojas de madera maciza se abrieron sin hacer ruido, dejando ver la alfombra roja que conducía hasta el ascensor.

En ningún momento dijo nada.

Rintaro y Sayo se miraron el uno al otro; después, se volvieron de espaldas al escritorio despacio y comenzaron a caminar. Entonces oyeron tras ellos la voz del director.

—¡Te deseo buena suerte!

Rintaro se dio la vuelta hacia el hombre, que permanecía sentado al otro lado del escritorio, y este le devolvió una mirada difícil de interpretar, si bien sus ojos mostraban un tenue brillo debajo de aquellas cejas tan blancas.

—Yo a usted también —dijo Rintaro.

A buen seguro, el director no esperaba aquella respuesta. Abrió los ojos ligeramente y, relajando de verdad los labios esta vez, le dedicó una sonrisa tan amable como inesperada.

—¡Buen trabajo!

Una voz profunda y familiar resonó en el pasillo repleto de estanterías atestadas de libros y envuelto en una luz pálida.

Tora, que caminaba delante de Rintaro y Sayo, volvió la cabeza para mirarlos.

—¡Parece que habéis estado acertados!

—No estoy seguro… Pero, al menos, conseguimos que el director nos despidiera con una sonrisa.

—¡Es más que suficiente! —exclamó el gato al tiempo que asentía con la cabeza y seguía avanzando con pasos sigilosos.

La luz pálida, los numerosos libros que abarrotaban las estanterías de ambas paredes del pasillo, las lámparas encendidas aquí y allá... Aquel entorno ahora no les resultaba extraño. Rintaro y Sayo estaban desandando el camino por ese pasillo con el que ya estaban familiarizados, guiados por el gato.

Después de sus breves palabras de agradecimiento, Tora se mantenía callado y caminaba en silencio. Sin embargo, ese silencio era mucho más elocuente que las palabras.

—Dijiste que con esto terminaba el asunto, ¿verdad? —preguntó Rintaro con timidez.

—Eso es —asintió Tora y se detuvo.

Habían llegado al interior de la librería Natsuki sin darse cuenta. El trayecto de regreso había sido tan corto que el interminable camino de ida parecía mentira.

El gato, que los había acompañado hasta el interior de la tienda, se volvió con agilidad, pasó entre los pies de Rintaro y de Sayo, y se dirigió de nuevo hacia el pasillo sin despedirse de ningún modo.

—¿Te vas? —le preguntó Rintaro.

—Debo irme. —Tora se dio la vuelta hacia ellos e inclinó la cabeza—. Gracias a ti, se han salvado muchos libros. Te lo agradezco.

Iluminado de espaldas por aquella luz blanquecina, el gato permaneció inmóvil con la cabeza gacha. Su presencia, a pesar de estar totalmente desconectada de la realidad, transmitía unos sentimientos tan sinceros que Rintaro no encontraba las palabras para contestarle.

—Has superado los tres laberintos con tu propia fuerza. Mi cometido termina aquí.

—¿Termina...? ¿Ya no volveremos a vernos? —se apresuró a preguntarle Sayo.

—No, ya no hay ninguna necesidad.

—Pero... —empezó a objetar Sayo.

Miró confusa a Rintaro, que estaba allí plantado, en silencio. Al final, el chico dejó escapar un largo suspiro.

—Si realmente vamos a despedirnos aquí —planteó—, me gustaría decir algo muy breve.

—Lo que tú quieras. Un reproche, una última pulla... No te prives.

—No es gran cosa. Simplemente quiero darte las gracias. Solo eso —le dijo Rintaro con una reverencia.

Tanto Tora como Sayo se mostraron, como cabía esperar, muy sorprendidos por aquellas inesperadas palabras.

—Lo dices con ironía, ¿no?

—Para nada. —Rintaro alzó el rostro con una sonrisa—. De todo esto algo he aprendido.

—¿Has aprendido algo?

Rintaro asintió con la cabeza al asombrado gato.

—Apareciste diciéndome que tu cometido era salvar libros y que necesitabas que te ayudara a conseguirlo, pero creo que en realidad las cosas han ido de manera diferente.

El gato no se movió. Se limitó a mirar fijamente a Rintaro con sus ojos de jade.

—El día en que falleció mi abuelo, pensé que ya nada me importaba. Había perdido a mi madre y a mi padre, y cuando incluso me dejó el abuelo me pareció todo tan absurdo que me quedé desinflado. Y entonces, de repente, apareciste tú. —Rintaro se rascó la coronilla como para disimular la vergüenza que sentía—. Si no hubieras venido, no habría sido capaz de levantar cabeza. Me dijiste que necesitabas mi ayuda, pero en realidad has sido tú el que me ha ayudado a mí.

Rintaro se quedó observando al gato y, tras una breve pausa, siguió hablando.

—Me había encerrado en la tienda y tú me forzaste a salir. Gracias.

—Estar encerrado en una librería es algo bueno

—replicó el gato con su voz profunda—. Lo que me preocupaba era que te encerraras en tu propia coraza.

—En mi propia coraza...

—¡Has de romper esa coraza! —La voz grave del gato resonó con solemnidad como si proviniera de la hondura de su alma—. ¡No debes sucumbir a la soledad! No estás solo. Tienes muchos amigos que se preocupan por ti.

Eran palabras extrañas. Sonaban a exhortación, pero, a la vez, tenían la calidez propia de una despedida. Rintaro se guardó para sí muchas preguntas y se limitó a observar a Tora en silencio.

Hacía poco tiempo que había perdido a su abuelo. Sin embargo, haber pasado aquellos tristes días en compañía de ese gato tan peculiar había aportado un destello de luz a su vida. ¿Acaso no era ese el mejor regalo que podía hacerle el extravagante gato?

No se trataba de ningún razonamiento lógico. Tampoco había resuelto ninguna de sus dudas. De hecho, ni siquiera sabía por dónde empezar a preguntar.

—Gracias —repitió.

—Eres un buen chico —le respondió el gato con una sonrisa.

Le dedicó una gentil reverencia y, sin dejar de sonreír, se volvió con agilidad. Enfiló hacia el pasillo de las estanterías envuelto por la luz pálida y partió veloz como el viento.

Rintaro y Sayo no lo perdieron de vista mientras se alejaba.

El gato ya no volvió la cabeza.

Cuando su figura se desvaneció en medio de aquella tenue luz, Rintaro y Sayo vieron que delante de ellos estaba de nuevo la vieja pared de madera del fondo de la librería, como si nada hubiera sucedido.

Y, a pesar de que no había ningún cliente a la vista, se oyó con claridad un único tintineo de la campanilla plateada de la puerta.

EL ÚLTIMO LABERINTO

Inclinó la oronda tetera blanca sobre la taza Wedgwood que durante tantos años había usado su abuelo y percibió el delicado aroma del té de Assam.

Agregó un terrón de azúcar y abundante leche.

Mientras lo removía lentamente con la cucharilla de plata, se formó un sutil círculo blanco que se expandió creando delicadas volutas hasta desaparecer al instante. Alzar la taza y acercársela a los labios era un momento de máxima felicidad.

Rintaro asintió con la cabeza, lleno de satisfacción.

«¡He mejorado mucho!»

Se refería a su destreza para preparar el té.

Servirse una taza de té por la mañana después de finalizar la limpieza de la librería era una de las rutinas diarias de su abuelo. Después de casi una semana llevando a cabo ese ritual, Rintaro tuvo la impresión de que iba superándose.

—¡Rin-chan!

Rintaro se volvió hacia la puerta al oír aquella voz aguda que lo llamaba.

Un rostro redondeado y de expresión afable asomaba a contraluz por la puerta.

—Hoy es el día de la mudanza. ¿Lo tienes todo a punto?

«Y dale con llamarme siempre Rin-chan», pensó Rintaro, y, mientras forzaba una sonrisa, dejó la taza y se dirigió hacia la puerta.

Su tía, que llevaba un delantal blanco, había sobrepasado ya la cincuentena, pero era enérgica y de buen trato, y aparentaba ser mucho más joven tanto por su aspecto como por su actitud.

El cielo estaba más bien nublado ese día, pero, cosa extraña, parecía que desde el exterior entrara mucha luz, quizá porque el interior de la librería estaba en penumbra. El aire radiante y alegre de la tía habría caldeado incluso el ambiente más gélido.

—Disculpa, tía, pero ¿el camión de la mudanza no venía por la tarde?

—Ay, Rin-chan —soltó la tía, sorprendida—. ¡Deja de hablarme con tanta formalidad o acabarás envarado! —le espetó, pero en un tono jovial y distendido, sin maldad.

Rintaro miró hacia fuera y vio el querido Fiat Cinquecento de su tía aparcado delante de la librería. La imagen de la mujer embutiéndose en aquel pequeño coche extranjero siempre le resultaba graciosa.

—Voy un momento a comprar cuatro cosas. ¿Necesitas algo? —le dijo, y mientras trataba de encajar su rechoncho cuerpo en el pequeño coche añadió—: Regresaré antes del mediodía. Y traeré el almuerzo, así que no te preocupes por eso. Tú dedícate a dejarlo todo listo.

En respuesta a la animada verborrea de su tía, Rintaro se limitó a asentir con una escueta sonrisa. La mujer por fin puso las manos sobre el volante, pero se detuvo de repente y miró a su sobrino.

—¿Qué sucede? —le preguntó Rintaro.

—Nada, Rin-chan... Solo que tengo la impresión de que algo en ti ha cambiado —dijo—. En el funeral tenías un aspecto horrible, como si fueras a desvanecerte en cualquier momento. Me tenías muy preocupada, pero, por lo que parece, no eres tan debilucho como pensaba. ¡Tómatelo como un cumplido!

—Todo va bien —respondió Rintaro intentando mostrarse alegre—. Bueno, no todo, pero, dadas las circunstancias, mal no va.

A pesar de la vaguedad de la respuesta, su tía sonrió.

—¡Anda! —exclamó de pronto, y alzó la mirada al cielo.

Rintaro miró hacia arriba también y abrió los ojos.

—¡Está nevando! —exclamó la tía, entusiasmada.

Del cielo cubierto de nubes grises caían silenciosos copos blancos como el algodón. El sol brillaba por su ausencia, pero la luminosidad de la nieve hacía que todo resplandeciera. Se habían detenido algunos transeúntes, que miraban hacia el cielo extrañados.

—¡Qué bonita es la nieve! ¡Solo de verla, ya me emociono!

Rintaro se dijo que esa espontaneidad infantil de su tía hacía de ella una mujer realmente especial.

—Voy a comprar pasteles para la cena, Rin-chan. ¡Prepárate, que nos daremos un homenaje!

—¿Pasteles?

—¡Claro! Hoy es la víspera de Navidad, ¿no?

Rintaro se quedó sinceramente sorprendido por el entusiasmo que de nuevo manifestaba su tía.

Desde la muerte de su abuelo, había perdido por completo la noción del tiempo De repente, reparó en que en las calles, tanto en los árboles de las aceras como en las fachadas de las casas, lucían unas luces decorativas muy brillantes que no eran habituales. Todas las personas y todos los edificios parecían estar preparados para la ocasión; solo él y la librería Natsuki se habían quedado al margen, ajenos a aquella atmósfera.

—¿O acaso tenías previsto pasar la noche con una chica guapa?

—Sí..., claro.

—¡Era broma! —le dijo la tía con voz risueña poco antes de encender el motor—. ¡Hasta luego! —añadió alegremente, y se alejó en su Cinquecento.

Por la calle, habían empezado a circular las motos de los repartidores y comenzaban a verse también algunos estudiantes que debían de dirigirse a sus actividades extraescolares de la mañana. Aunque era la víspera de Navidad, Rintaro no tenía ningún recuerdo especial que suscitara su nostalgia, pero era el último día que veía aquel paisaje tan familiar y no podía quedarse indiferente. Incluso la nieve parecía tener algún significado, de modo que permaneció inmóvil durante unos instantes.

Tan solo habían pasado diez días desde que el abuelo se había ido. Era poco tiempo, pero, dados los extraños sucesos acontecidos, Rintaro tenía la sensación de que había transcurrido una eternidad. No obstante, de entre todos los recuerdos que albergaba, el que tenía más presente era la amplia sonrisa que Tora le había dedicado al marcharse.

Hacía tres días que se había despedido de aquel gato de fabuloso pelaje. Después, inmerso en los preparativos del traslado, el tiempo se le había pasado volando. El gato no había vuelto a dejarse ver y, por mucho que Rintaro la observara, la pared de madera del fondo de la librería seguía como siempre.

Quizá porque estaba preocupada por él, Sayo solía detenerse a tomar un té con Rintaro cuando iba o regresaba del instituto. Le hablaba del libro de Stendhal que estaba leyendo, aunque, en realidad, debía de estar inquieta por aquel curioso gato. Por supuesto, no podía decirse que Rintaro no lo estuviera. Pero el tiempo transcurría de manera inexorable.

Y Rintaro lo sabía. Por muchas cosas tristes, dolorosas o absurdas que sucedieran, el tiempo no se detendría para esperarlo. Se había dejado llevar por los acontecimientos y, aun sin saber cómo, había conseguido llegar hasta allí.

Se quedó un rato observando el cielo y el descenso de los copos de nieve, hasta que por fin abandonó su ensimismamiento y decidió entrar de nuevo en la librería. Se disponía a recoger la tetera y la taza, pero, de repente, se detuvo.

El fondo de la librería, que hasta hacía solo un momento estaba cubierto por la vieja pared de madera, ahora se hallaba envuelto en una luz pálida. En un abrir y cerrar de ojos, la imagen sedente del gato atigrado se recortó a contraluz.

Rintaro miró boquiabierto a Tora, que movía con sutileza sus bigotes blancos.

—¡Cuánto tiempo, Segunda Generación!

Al oír esa profunda voz que tan familiar le resultaba ya, Rintaro esbozó una sonrisa.

—Pero ¡si solo han pasado tres días!

—Ah, ¿sí?

—¿Debería darte la bienvenida?

—¡Déjate de formalismos! —De espaldas a aquella luz pálida, el gato observó a Rintaro con sus ojos de jade—. ¡Preciso tu ayuda!

Detrás de él, parecía que la claridad de aquel pasillo repleto de estanterías se intensificaba.

—Vuelvo a necesitar que me ayudes.

Los modales del gato eran tan bruscos como siempre, puesto que, como de costumbre, había entrado sin saludar ni dar explicaciones. Era evidente, también, que no tenía la menor intención de celebrar aquel inesperado reencuentro.

—Pensaba que ya no volveríamos a vernos...

—Las circunstancias han cambiado. Debemos ir a otro laberinto.

El gato lo había dicho en su habitual tono pausado, pero, esa vez, Rintaro percibió un poso de tensión en su voz.

—¿Es que ha sucedido algo?

—Ha aparecido el cuarto laberinto.

—¿El cuarto?

—Ha sido totalmente inesperado. Pero vuelvo a necesitar tu ayuda —le dijo Tora—. Aunque... —añadió con una voz todavía más profunda—. El próximo interlocutor es duro de pelar. No tiene nada que ver con quienes te has enfrentado hasta ahora.

Si bien la actitud del gato era tan directa y apremiante como siempre, su tono de voz no era tan mordaz. Así pues, se trataba sin duda de una situación excepcional.

—Si, como dices, es un interlocutor duro de pelar... ¿de verdad crees que soy la persona adecuada para ayudarte?

—Tienes que ser tú, por fuerza. Es lo que quiere la otra parte.

—¿La... otra parte?

—Es un caso muy difícil. Esta vez realmente cabe la posibilidad de que no regreses. Pero creo que algo podrás hacer.

El tono casi implorante del gato decidió a Rintaro.

—De acuerdo. ¡Vamos! —respondió.

Y lo hizo tan de inmediato y con tanto aplomo que al gato le costó reaccionar. Los ojos de jade se le iluminaron y se quedó mirando a Rintaro.

—Has comprendido que se trata de una misión peligrosa, ¿verdad?

—Sí. ¡Y que se trata de algo totalmente distinto a lo que nos hemos enfrentado hasta ahora! Y también que quizá no podamos regresar.

—¿Estás dispuesto a seguirme, a pesar de todo?

—Estás en apuros, ¿no? Para mí, esa razón es suficiente.

Ante esa respuesta tan sincera y espontánea, el gato puso cara de pasmo, como si hubiera visto un fantasma a plena luz del día.

—¿Seguro que estás bien, Segunda Generación?

—Si sigues hablándome así, ¡me enfadaré!

—Pero...

—Quería mostrarte mi gratitud de algún modo. Ya te di las gracias, pero no te he devuelto el favor. ¡Y diría que esta es la oportunidad perfecta!

Tora, que todavía miraba a Rintaro sin pestañear, por fin asintió con la cabeza, emocionado como nunca antes.

—¡Te lo agradezco!

—Pero con la condición de que nos vayamos ya —añadió Rintaro.

Dicho eso, se dirigió a buen paso hacia la puerta, la cerró y, visto y no visto, echó la llave.

—Yuzuki llegará de un momento a otro. Si se entera, seguro que se empeña en venir con nosotros. Como has afirmado que se trata de una misión más peligrosa que las anteriores, no quiero involucrarla en esto —dijo Rintaro con una sonrisa desganada mientras el gato lo escuchaba en silencio—. ¡Vamos! —añadió volviéndose hacia Tora.

Pero el gato lo observaba con una seriedad más intensa de la acostumbrada en él.

—Por desgracia, no cabe esa posibilidad.

Fue una respuesta enigmática, hecha en un tono difícil de interpretar también.

En un silencio extrañamente carente de tensión, Rintaro se quedó quieto y frunció el ceño.

Fuera, se oyó el timbre de una bicicleta, pero se alejó enseguida. Cuando la calma se instaló de nuevo en la librería, el gato volvió a hablar.

—Se han llevado a Sayo Yuzuki. Está encerrada en las profundidades del laberinto y espera que vayas a rescatarla.

Rintaro estaba tan impactado que era incapaz de reaccionar.

—¿Me has oído, Segunda Generación?

—Es que no entiendo qué quieres decir...

—Es muy sencillo: han secuestrado a Sayo. En este último viaje el objetivo no es salvar libros. —La mirada del gato se hizo más penetrante—. Ahora se trata de salvar a tu amiga.

Rintaro apartó la mirada y la dirigió hacia el pasillo que se abría al fondo de la librería. Era un pasillo perfectamente recto, y sus paredes, repletas de libros, parecían prolongarse hasta el infinito. Una luz pálida lo iluminaba todo. Rintaro se preguntó por qué sería.

Y, de repente, sintió una especie de escalofrío.

«Así que no tienes ninguna intención de volver al instituto, ¿eh?», le había preguntado Sayo de buena mañana hacía apenas dos días.

Como de costumbre, se había dejado caer por la tienda antes de ir al ensayo del club de instrumentos de viento, y miraba ceñuda a Rintaro mientras este servía el té en el mostrador.

Sin duda, habían hablado de algo, pero el chico no recordaba exactamente de qué. Debía de ser una conversación desenfadada, en absoluto trascendental. Sobre libros, sobre el té y también acerca del gato, lo más probable. Cuando Sayo ya se disponía a irse al ensayo, se había vuelto hacia él de repente.

«No puedes quedarte aquí, encerrado y cabizbajo, un día tras otro —le había dicho—. Seguramente, en tu vida hay muchas cosas que no te gustan… Pero es tu vida. —Había guardado silencio un instante, para al cabo añadir con voz decidida—: ¡Tienes que tirar adelante!»

Había sido un consejo firme y decidido, propio de la brillante delegada de clase que era Sayo, pensó Rintaro. Al mismo tiempo, no obstante, fueron unas palabras de ánimo para un amigo que se mostraba reacio a mudarse. Y Rintaro las acogió con un espíritu nuevo.

Sin esperar respuesta, Sayo se había dado la vuelta con soltura mientras Rintaro se limitaba a seguir, con los ojos entornados, la espalda de aquella chica que salía a la luminosa calle.

La imagen de Sayo diciéndole adiós con la mano bajo el sol de la mañana se le había quedado grabada en la mente.

—Qué cosas tan extrañas pasan… —comentó Rintaro mientras avanzaba siguiendo al gato por el pasillo flanqueado de estanterías—. Es la primera vez que te veo tan preocupado por alguien.

El gato, que lo precedía, lo miró un instante. Pero no dijo nada.

Aquel pasillo con el que Rintaro estaba ya familiarizado le parecía esa vez más largo que nunca. No tenía claro si en efecto así era o si tan solo se trataba de una impresión suya. En cualquier caso, habría jurado que las estanterías y las lámparas no tenían fin.

—¿Por qué han secuestrado a Yuzuki? Si lo que quiere ese interlocutor es hablar conmigo, ¿por qué no ha ido a por mí desde el principio?

—Desconozco el motivo. Tendrás que preguntárselo directamente —respondió el gato, afligido—. Habrá considerado que la chica era la clave para hacer que te movieras, supongo.

—Es enrevesado lo que dices...

—No lo es, no. Esa chica siempre se ha preocupado por ti —le respondió el gato sin detenerse ni volver la cabeza siquiera—. Ha estado muy preocupada por su deprimido compañero de clase que ha perdido a su abuelo y no sale de casa.

—Eso es porque Yuzuki tiene un gran sentido de la responsabilidad como delegada de clase, y también porque vive en el barrio...

—No sé si te servirá de ayuda, pero déjame que te explique algo —dijo Tora con su voz profunda, interrumpiendo sin miramientos a Rintaro—. Ya te lo expliqué la primera vez que me topé con ella en la librería. Tan solo pueden verme las personas que son especiales en cierto sentido. Y no me refiero a que tengan superpoderes... —El gato se detuvo y se volvió hacia Rintaro—. Hablo de personas que se muestran consideradas con los demás.

Rintaro no acababa de entender a qué se refería Tora.

—Mostrarse considerado con los demás no es dedicar al que sufre unas palabritas compasivas con voz melosa. Es compartir la preocupación de quien está preocupado, sufrir con él y, en ocasiones, caminar a su lado.

El gato reanudó la marcha, y Rintaro se apresuró a seguirlo.

—Bueno, no es que sea una capacidad especial, entendida como extraordinaria. Es, más bien, una disposición de ánimo que todo el mundo debería tener de manera natural. Lo que pasa es que muchas personas la pierden porque llenan su vida de cosas por hacer y de prisas. Como tú.

Rintaro se quedó de una pieza al oír el comentario que el gato acababa de soltar como si nada.

—Las personas suelen perder la capacidad de empatizar con el prójimo porque están inmersas en su estresante rutina diaria y sumidas en sus propios asuntos, de manera que no tienen consideración por los demás, no perciben su sufrimiento. Y, llegados a ese punto, ya no les importa mentir, herir a quien sea o pisotear a los más débiles. El mundo está llenándose de personas así.

A medida que esas palabras tan duras resonaban, el aspecto del pasillo fue cambiando.

Las sencillas estanterías de vulgar madera que recubrían ambas paredes se transformaron en unas magníficas librerías de madera de roble envejecido con delicadas incrustaciones, y el pasillo se ensanchó de tal modo que habrían podido transitar por él hasta cinco o seis personas costado con costado. Las lámparas del techo, que ahora era mucho más alto, habían desaparecido, y todo el espacio estaba iluminado por la luz que proyectaban unos candelabros situados delante de las estanterías.

Rintaro y el gato siguieron avanzando en silencio por el vasto pasadizo.

—No obstante, incluso en este mundo tan falto de esperanza, a veces te cruzas con personas de sentimientos nobles, como lo es esa chica. Y ante personas así, soy incapaz de mostrarme indiferente. En resumen, lo que quiero decir... —el gato se volvió hacia Rintaro— es que esa chica estaba preocupada por ti de verdad. No la movía el sentido de la responsabilidad o del deber.

Las llamas de los candelabros titilaron mientras el gato pronunciaba esas últimas palabras, a pesar de que no corría ni un soplo de aire. Y suscitaron recuerdos en Rintaro.

De repente, le vinieron a la memoria las numerosas ocasiones en que Sayo había acudido a la librería Natsuki, y, de inmediato, cada una de esas escenas cobró un gran significado para él.

—Si ahora estás realmente preocupado por ella, significa que poco a poco vas recuperando los sentimientos que habías perdido, que ya no piensas tan solo en ti, sino que tienes consideración por los demás.

—Consideración por los demás...

—Es una amiga demasiado buena para un chico tan poquita cosa como tú.

El gato lo murmuró en su habitual tono desapasionado, pero se diría que, en el fondo, sonreía.

Rintaro alzó la vista. En el techo, muy arriba, una nervadura de la bóveda trazaba un amplio arco que transmitía quietud y belleza, como si se hallaran en una iglesia antigua.

—Me parece que lo entiendo, aunque todavía hay bastantes cosas que no tengo claras.

—El simple hecho de que seas consciente de eso significa que has madurado.

—Bueno, ahora soy un poco más valiente.

—Con solo un poco no basta —le dijo el gato con su voz profunda—. Tu último adversario es duro de pelar, créeme.

Antes de que el gato hubiera terminado de hablar, vieron ante ellos una colosal puerta de madera maciza.

La gigantesca puerta se erguía tan imponente que parecía imposible que los débiles brazos de Rintaro pudieran abrirla, pero lo hizo por sí sola, con un ligero chirrido, cuando se acercaron a ella.

Conforme se abrían las dos hojas, vieron un inmenso jardín de un verde exuberante. Bajo los vívidos rayos del sol, se erguían árboles frondosos por doquier, y había varias fuentes blancas que lanzaban sus chorros fragorosos hacia el cielo. Estaban flanqueadas por esculturas de ángeles, mientras que los setos, podados con primor siguiendo un patrón geométrico, contrastaban agradablemente con el suelo empedrado.

Rintaro y Tora observaron todo aquello desde una especie de pórtico elevado. Tenía la techumbre blanca, y se bifurcaba desde allí una calzada adoquinada que descendía, a derecha e izquierda, en una ligera pendiente. El magnífico lugar, en su conjunto, parecía salido de la Edad Media.

—Han cuidado hasta el último detalle —murmuró el gato, y en ese instante se oyó un ligero traqueteo.

Volvieron la mirada hacia la derecha y vieron que, por la calzada, se acercaba una carroza tirada por dos caballos. El vehículo se detuvo al llegar delante de ellos, y de él se apeó el cochero, un hombre casi anciano, que, sin decir una sola palabra, realizó una solemne reverencia y les abrió la portezuela.

—Supongo que debemos subir —dijo el gato, que, sin dar más vueltas al asunto, se subió a la carroza sin formalismos de un salto.

El hombre se mantuvo quieto y con la cabeza gacha. Rintaro, por su parte, se acercó a la carroza con timidez, se montó y se sentó frente al gato en aquel espacio inesperadamente amplio forrado de terciopelo carmesí.

La portezuela se cerró con un golpe seco y, poco después, la carroza se puso en marcha.

—¿Y esta puesta en escena?

—Es para darte la bienvenida.

—Pues no recuerdo tener un conocido tan excéntrico…, por suerte.

—Pero tú si eres conocido aquí. En este mundo, aunque no lo creas, eres famoso.

—¿En este mundo?

—En este laberinto reina un ser especial. De hecho, es alguien con un gran poder.

—Entonces ¿qué debo hacer? ¿Me echo a llorar para darle las gracias por haberse invitado a venir… después de haber raptado a una amiga por la que siento mucho aprecio?

El gato esbozó una sonrisa.

—¡Esa es la actitud! La mejor arma para sobrevivir en este mundo de locos no es la lógica ni la fuerza física.

—Es el sentido del humor, ¿cierto? —dijo Rintaro y, en ese instante, tras una leve sacudida, la carroza aumentó la velocidad.

Habían salido a una calzada más ancha. Al otro lado de la ventanilla, veían pasar aquel extraordinario jardín. Los rayos de sol, el aire, el borboteo de las fuentes y el frondoso verdor hacían de aquel paisaje un placer para los sentidos. Sin embargo, había algo que no encajaba.

Rintaro cayó en la cuenta de qué era: no había ningún ser viviente. Y no era solo que no hubiera personas, era que ni siquiera había pajarillos o mariposas. Ni un ser vivo, ni rastro de él, de cuantos eran esenciales para sostener el mundo se advertía allí. Por muy engalanado que estuviera por fuera, aquel mundo no era real.

—Esta será la última ocasión que tendremos para hablar —le anunció de repente el gato con su voz profunda.

Rintaro, que miraba aún por la ventanilla, volvió la vista hacia el interior de la carroza.

—Tengo la impresión de haber oído ya unas palabras similares...

—¡No te angusties! —El gato, arrellanado en aquel carruaje antiguo, clavó sus ojos de jade en los de Rintaro—. Esta vez es la última de verdad.

—En ese caso, tengo un montón de preguntas para hacerte —le dijo Rintaro.

Tora no le respondió, sino que se lo quedó observando, inmóvil.

—Pero ni siquiera sé por dónde debería empezar —añadió el chico al cabo de un instante con una escueta sonrisa.

El gato seguía sin moverse. Su perfil, iluminado por los intensos rayos de sol, empezó a teñirse de rojo. Sin que se dieran cuenta, en el exterior la luz del atardecer iba transformándose rápidamente en la oscuridad de la noche, y el interior de la carroza se sumía en la penumbra. Rintaro alzó la mirada hacia el cielo y vio que las estrellas empezaban a titilar.

—Los libros tienen alma —dijo el gato de repente. Sus ojos, iluminados por la luz de las estrellas, desprendían un brillo muy hermoso—. Si los libros no se mueven de donde están no son sino fajos de papeles. Incluso las obras maestras más potentes, y también las grandes obras que narran historias maravillosas, son meros papeles unidos si no se abren. Pero si las personas les prodigan atención y los tratan con respeto, acaban teniendo alma.

—¿Alma?

—¡Eso es! —le respondió el gato con voz enérgica—. Hoy en día, las personas cada vez tienen menos ocasiones para estar en contacto con los libros, y no es frecuente que les dediquen atención. Como resultado, los libros han perdido su alma. Sin embargo, todavía hay quienes, como tú y tu abuelo, aman los libros con todo su corazón y prestan atención a sus palabras. —El gato volvió la cabeza lentamente y alzó la mirada hacia el cielo estrellado—. Para mí, eres un amigo irremplazable.

Aquellas palabras estaban repletas de misterio. Aun así, una a una, habían calado en Rintaro.

Los ojos de jade de Tora, que seguían fijos en el cielo estrellado, brillaban con intensidad.

Era un tanto engreído y bastante insolente a veces, pero era hermoso. Tora era así.

—Tengo la impresión de conocerte desde siempre —dijo Rintaro.

El gato no se volvió hacia él después de esa inesperada confesión, pero pareció que erguía sus orejas perfectamente triangulares como si esperara que el chico prosiguiera.

—Diría que fue hace mucho tiempo. Cuando todavía era un niño... —Rintaro alzó la mirada al techo, como rebuscando entre sus recuerdos—. Te conocí en algún cuento. Quizá en uno de los que me contaba mi madre.

—Los libros tienen alma —repitió pausadamente el gato—. Brota en ellos cuando se los trata con respeto. Y esos libros con alma no dudan en brindar ayuda a su propietario cuando este se encuentra en dificultades.

La voz profunda y calmada del gato envolvió de calidez a Rintaro hasta lo más profundo de su ser. El chico lo miró de nuevo y vio que esbozaba una sonrisa bajo la luz de las estrellas.

—Ya te lo dije, muchacho: no estás solo.

La carroza seguía avanzando entre ligeros traqueteos bajo aquel cielo cuajado de estrellas, y la luz de estas, recortada por el marco de la ventanilla, viajaba silenciosa con ellos en aquel interior forrado de terciopelo. Cuando la pálida luz rozó a Tora, este borró la sonrisa de repente y sus ojos emitieron un destello penetrante.

—Pero los libros con alma no siempre nos ayudan.

Rintaro frunció el ceño.

—¿Lo dices por Yuzuki?

—Exacto. Es lo que ha sucedido con este último laberinto —respondió el gato, y volvió la mirada hacia la ventana de nuevo.

Rintaro también.

Aquel cielo estrellado poseía una belleza asombrosa. Sin embargo, las estrellas estaban dispuestas de un modo caótico, y ninguna constelación tenía la forma que debía tener.

—El alma del ser humano puede deformarse en situaciones de sufrimiento extremo, y lo mismo sucede con el alma de los libros. Los que son salvados por personas con el alma retorcida acaban igual. Y, entonces, pierden el control.

—¿Has dicho que el alma de los libros se... deforma?

Tora asintió con la cabeza con convencimiento.

—En especial, los libros antiguos con una larga historia se han visto influenciados por muchas personas y, ya sea para bien o para mal, encierran mucho poder. Cuando los libros tienen el alma corrompida... —El gato dejó escapar un largo suspiro y añadió—: Pueden ejercer un poder increíble, mucho mayor que el mío o el de cualquiera.

—Ya voy entendiendo que este último oponente es diferente de cuantos me he enfrentado hasta ahora —dijo Rintaro con un tono sorprendentemente sereno y sosegado; incluso él se sorprendió de lo tranquilo que estaba.

En el exterior, el paisaje había ido cambiando sin que se dieran cuenta. Si poco antes atravesaban un enorme parque, ahora recorrían en la noche las calles de una ciudad. Se veían viejos edificios de dos plantas, bicicletas apoyadas en los muros, farolas de mortecina y temblorosa luz, y máquinas expendedoras de un reluciente blanco metálico.

Rintaro había visto ya ese paisaje en algún lugar.

—¡Lo siento, Segunda Generación! —Tora inclinó la cabeza ante Rintaro—. El interlocutor que te aguarda escapa a mi control.

—¡No tienes por qué disculparte! —le respondió Rintaro con una leve sonrisa—. Te estoy agradecido por muchos motivos.

—En realidad, yo no estoy haciendo nada. Has llegado hasta aquí por tu propia fuerza.

—Sea como sea... —empezaba a decir Rintaro, cuando notaron que el traqueteo de la carroza se suavizaba, como si el cochero aminorara la marcha—. Gracias a ti, he tomado conciencia de muchas cosas importantes.

La carroza se detuvo finalmente tras una sacudida y, no mucho después, la portezuela se abrió. El aire que penetró era tan gélido que los hizo temblar de inmediato.

Al asomar la cabeza vieron que detrás del cochero,

inclinado en una reverencia exagerada, se abría un paisaje que les resultaba familiar. Rintaro descendió con cautela. Una vez abajo, volvió la cabeza y advirtió que el gato seguía inmóvil; solo sus ojos de jade brillaban en la penumbra.

—¿No vienes conmigo?

—No es necesario. Ahora puedes apañártelas solo. —El gato le dedicó una bella sonrisa—. ¡Adelante, Rintaro Natsuki!

—Diría que es la primera vez que me llamas por mi nombre.

—Trato de honrarte al hacerlo. Esta alma retorcida es fuerte. Pero... —El gato guardó silencio un instante, y al cabo exclamó—: ¡Tú lo eres más!

Esas palabras lo reconfortaron. El ánimo y el aplomo que le proporcionaron solo podía proceder de un amigo que conocía bien al oponente al que Rintaro iba a enfrentarse. El chico asintió con la cabeza y, al hacerlo, tuvo la desagradable sensación de que un escalofrío le recorría la espalda y lo helaba por dentro. Aun así, no sintió el impulso de huir. Sabía que no podía.

—Hasta la vista..., quizá.

—¡Calla! Como palabras de adiós, resultan insulsas y poco originales —respondió el gato con su brusquedad habitual—. ¡Que vaya bien, mi valeroso amigo!

Esa simple frase final equivalía a todo un discurso de despedida que expresara la intensa pena que le producía separarse del chico.

El gato inclinó la cabeza en silencio ante Rintaro, y este le devolvió una sentida reverencia. Tras unos instantes, se dio la vuelta y empezó a andar alejándose de la carroza.

Ante Rintaro se extendía una calle estrecha; poco más adelante, vio una vieja farola que proyectaba una luz amarillenta y, como acurrucada debajo de ella, una casita. Aguzó la mirada y distinguió un primoroso cartel sobre la puerta de celosía: LIBRERÍA NATSUKI. Era una recreación cuidada hasta en el menor detalle, tanto que Rintaro se quedó boquiabierto. Aun así, no detuvo sus pasos. Por precisa que fuera, no dejaba de ser una imitación.

La luna estaba ausente del cielo, no había ni una sola planta en los alrededores y en las ventanas de las casas vecinas no se veía ni rastro de luz. Era un paisaje extrañamente inanimado.

Rintaro continuó avanzando en aquel ambiente gélido y tenso, hasta que por fin se halló ante los escalones de piedra de la librería Natsuki. Una vez que estuvo delante de la familiar puerta de celosía vislumbró con toda claridad una única luz encendida.

—¡Adelante! —oyó decir de repente.

Era la voz serena de una mujer.

Y, en ese instante, la puerta empezó a abrirse sin hacer el menor ruido.

—Bienvenido, Rintaro Natsuki.

Aquella voz sin inflexiones resonó en el interior de la librería, un espacio tan familiar para Rintaro y, sin embargo, tan distinto ahora.

En las estanterías que cubrían las paredes no había ni un solo libro. La tienda estaba tan dolorosamente vacía que parecía mucho más grande de lo que era en realidad, pensó Rintaro. En el centro, había un par de elegantes sofás, uno frente al otro, que jamás estuvieron en la tienda de su abuelo. En el que miraba hacia la puerta de entrada, vio, sentada, una figura menuda. Le sorprendió reconocer, al fijarse mejor, que se trataba de una mujer delgada de edad avanzada. Parecía hundida en aquel gran sofá, y llevaba un vestido sobrio y formal de color negro. Estaba relajada con las piernas cruzadas, y apoyaba las manos, pálidas y huesudas, en el regazo. La mirada que dirigía a Rintaro era la de un ser totalmente indefenso e inofensivo, si bien, al mismo tiempo, resultaba inescrutable y le confería una apariencia tan lúgubre que no apetecía acercarse a ella.

Sin moverse ni un ápice, la mujer por fin curvó sus finos labios.

—¿Qué ha sido de tu amigo el gato?

—Me dijo que continuara solo.

—¡Qué compañero tan poco considerado! Aunque quizá... —La mujer apoyó uno de sus delgados dedos de la mano derecha en su pálida barbilla—. Te ha engañado.

Aquellos impenetrables ojos oscuros lo observaban con frialdad, y Rintaro se estremeció. De repente, tuvo la asfixiante sensación de estar rodeado de infinidad de telarañas que se expandían hasta envolverlo por completo y, por instinto, retrocedió un paso.

Ciertamente, se trataba de un interlocutor que nada tenía que ver con aquellos con los que se había enfrentado hasta entonces. Los tres anteriores habían sido personajes peculiares, cada uno a su manera, pero en todos Rintaro había percibido lo que podría definirse como un «hálito de humanidad». Puede que fuera que todos ellos, en el fondo, sentían respeto por los libros. Esa consideración le había dado pie para iniciar el diálogo y, después, le proporcionó una salida.

La mujer que tenía ante él ahora, sin embargo, tan solo desprendía una luz inerte y fría, como si fuera una pared de acero. No podría traspasarla si no hallaba una fisura en ella, y se quedaría allí para siempre sumido en una frialdad inconmensurable.

El Rintaro de siempre, en esas circunstancias, se habría rendido y habría echado a correr, con toda probabilidad. Al pensar en ello, lo asaltó la opresiva sensación de que no sería capaz de continuar, y menos solo. Instintivamente, bajó la mirada, pero el gato que siempre lo había acompañado no estaba. Tenía razones de sobra por las que huir por pies. Aun así, se esforzó en mantener firmes las temblorosas rodillas.

Si hasta entonces se había dejado llevar por los

acontecimientos, ahora tenía un motivo de peso para estar allí, se recordó.

—Bienvenido a la librería Natsuki. —La mujer extendió las manos con delicadeza en su regazo—. ¿Te ha gustado mi puesta en escena? El viaje ha sido increíble, ¿no?

—He venido a rescatar a Yuzuki.

La mujer entornó los ojos.

Como no obtuvo respuesta, Rintaro repitió lo que había dicho.

La mujer dejó escapar un leve suspiro, sin variar su expresión.

—Eres más tonto de lo que pensaba. Dices obviedades… No tienes imaginación.

—«No se requiere cerebro para ser bueno. A veces me parece que es más bien al contrario. Casi nunca un tipo muy listo es un hombre bueno.»

—¿Steinbeck? No creo que sea una cita adecuada ahora.

—Pues a mí me parece que son palabras acertadas, porque diría que usted es realmente brillante.

La mujer se mantuvo inmóvil unos instantes y, al cabo, volvió su imperturbable mirada hacia Rintaro.

—Retiro lo dicho. Tienes un gran sentido del humor. Parece que ha merecido la pena invitarte a venir.

—No tengo ni idea de qué intenciones y motivos alberga, pero ¿qué quiere que haga para empezar? ¿Debería darle las gracias?

—Eres más impaciente de lo que me habían contado. Creí entender que eras un chico más bien paradito.

Rintaro reconoció para sí que la mujer había dado en el clavo. Con todo, a pesar de que estaba asustado, tenía la mente lúcida y se dio cuenta de que estaba enfadado.

—Se lo diré de nuevo... Devuélvame a Yuzuki. Ignoro qué quiere de mí, pero estoy seguro de que ella no tiene nada que ver con esto.

—Lo que quiero de ti es muy simple: hablar contigo —explicó la mujer.

Rintaro no se esperaba esa respuesta.

—Si lo único que quería era hablar conmigo —dijo al cabo de un momento—, habría bastado con que me llamara, ¿no le parece? ¡Raptar a Yuzuki ha estado de más! Y, ya que por lo visto dispone de tanto tiempo como para estar pontificando en ese precioso sofá y para planificar un recorrido en carroza por el parque y las fuentes, podría haber ido a verme a la librería. ¡Le habría ofrecido una taza del té de Assam de mi abuelo!

—Se me pasó por la cabeza, sí. Pero, si te hubiera visitado de improviso, no me habrías tomado en serio, ¿a que no?

—¿En serio...?

—Me refiero a que lo que quiero es tener una conversación seria contigo. No me interesa mantener una charla apresurada, plagada de convencionalismos corteses y respuestas anodinas. Lo que quiero es conocer la auténtica naturaleza de un chico que ama de verdad los libros, y que me hable de ellos.

La mujer curvó los labios en una bonita sonrisa. Pero era un gesto frío, desprovisto de calidez auténtica.

A Rintaro empezaron a temblarle los hombros de miedo, como si una mano helada le hubiera rozado el cuello. Su yo más débil ideaba ya un plan de fuga para escapar de allí, pero, a fin de mantener esa parte suya bajo control, decidió seguir hablando.

—Se lo repetiré de nuevo: ¿por qué ha secuestrado a Yuzuki si lo único que quiere es hablar conmigo?

—¡Pues ya lo ves! Está claro que mi táctica ha funcionado, ya que te tengo delante.

Rintaro suspiró profundamente. Todo acontecía tal cual lo había ideado esa mujer. Ignoraba si aquello le beneficiaba o no, pero debía mantener la mente serena y no dejarse llevar por las emociones. Sobre todo, si lo que se le exigía era mantener una conversación seria.

Ante el repentino silencio de Rintaro, la mujer, sin mostrarse particularmente complacida, extendió despacio la mano derecha para indicarle que se sentara en el sofá que tenía delante de ella. Al ver que el chico seguía inmóvil y callado, ladeó la cabeza con expresión perpleja.

—Quizá te sientas más relajado con esto —dijo al tiempo que chascaba los dedos.

El sofá desapareció y, de inmediato, ocupó su lugar un pequeño taburete de madera. Era el viejo asiento sin respaldo lleno de arañazos en el que Rintaro se sentaba siempre en la librería.

Era evidente que la mujer había ideado aquella puesta en escena cuidando hasta el último detalle, pero eso no indicaba que lo hubiera hecho pensando en él. No la movía prodigarse en atenciones con aquel chico valiente que estaba dándolo todo por seguir allí, sino solo conseguir lo que quería de la manera más rápida.

Rintaro comprendió que oponerse carecía de sentido, de modo que se sentó en el taburete sin rechistar.

—¿De qué quiere que le hable?

—¡Pero qué impaciente eres! De todos modos, que un muchacho se muestre preocupado por su novia no es una actitud que me disguste —le dijo la mujer con indiferencia y, a continuación, chascó los dedos de nuevo—. Antes que nada, no obstante, me gustaría que viéramos juntos este pequeño espectáculo.

En la estantería de la derecha, apareció de repente una gran pantalla blanca, que se iluminó al tiempo que la luz ambiental bajaba de intensidad.

—Empecemos con el primero... —dijo la mujer a la vez que en la pantalla aparecía una magnífica *yakuimon* y un muro de barro.

Sin que Rintaro tuviera tiempo de rebuscar entre sus recuerdos dónde había visto esa imagen, la cámara cruzó aquella puerta de estilo japonés antiguo y entró en una mansión. Cruzó luego una galería llena de objetos de decoración variopintos, como cuadros pintados a la tinta china, un ciervo disecado o un busto de Venus, y, al final, enfocó a un hombre sentado en una pequeña veranda.

Aquel hombre alto, que cuando Rintaro lo conoció vestía un traje blanco inmaculado, ahora llevaba una camisa desgastada. Observaba el jardín en silencio con expresión ausente y la mirada fija en las carpas que nadaban en el estante. No había el menor rastro de la actitud arrogante y la arrolladora autoconfianza que antaño demostraba. Cerca de él había varios libros con las cubiertas deterioradas, como si los hubiera leído y releído muchas veces.

—¿Lo reconoces?

—Es el primer laberinto.

—Exacto. Es el aspecto que tiene ahora, después de que liberaras los libros.

Rintaro frunció la frente.

—Después de la liberación de todos aquellos libros que estaban encerrados, ese hombre, que era un lector voraz, dejó de leer. De ser un crítico perspicaz admirado por el público por haber leído cincuenta mil libros pasó a ser alguien que ya no despierta el menor interés, sino desencanto. El estatus social que había alcanzado se lo arrebató otro individuo que había leído sesenta mil libros, y nuestro hombre cayó en el olvido más absoluto. Habiendo perdido el prestigio y la fama, ahora se limita a contemplar el jardín con aire bobalicón, como ves.

La mujer siguió mirando con expresión impasible a Rintaro, que no sabía qué decir. Al final, señaló la estantería que había a su izquierda, donde apareció otra pantalla.

—Pasemos al siguiente —dijo.

En la pantalla se vio una colosal galería porticada con columnas blancas a ambos lados que sostenían los majestuosos arcos de un techo abovedado y tenía el suelo revestido de piedra pulida. En el espacio que se abría entre las columnas había una cantidad impresionante de libros dispuestos en enormes estanterías, y se veían, aquí y allá, semiocultos entre esas paredes, varios corredores y escaleras.

Huelga decir que se trataba del segundo laberinto.

Sin embargo, la gran galería por la que transitaban sin cesar infinidad de ajetreadas personas vestidas con una bata blanca y cargadas con libros estaba desierta y silenciosa en esa ocasión. Más aún, inspiraba una profunda sensación de desolación, puesto que había libros y documentos esparcidos por todas partes. No se veía el menor rastro de presencia humana, con excepción de una figura diminuta a la que la cámara se acercó enseguida. Sentado detrás de una mesa situada al lado de una gran estantería, estaba el erudito regordete con su bata blanca.

Aquel hombre de mediana edad que había recibido a Rintaro y sus acompañantes en su despacho del sótano absorto en su investigación y rebosante de energía permanecía sentado ahora en una esquina de la galería, solo, como desposeído de alma, con la barba crecida y la mirada fija en un pequeño libro que tenía cerca.

—El brillante erudito que ideó el método de lectura rápida para los tiempos modernos ahora dedica horas y horas a leer ese libro. Ese genio que leía diez libros en un día se ha convertido en una persona corriente que tarda un mes en leer uno solo. Sus exitosas obras dejaron de venderse de un día para otro, y si antes no paraban de pedirle que diera conferencias, ahora no lo llama nadie.

—¿Qué trata de decirme?

—Que los ideales están lejos de la realidad. Pero todavía no he terminado.

La mujer levantó una mano hacia el techo y, en un abrir y cerrar de ojos, apareció una tercera pantalla con la imagen proyectada de un altísimo rascacielos.

Era el tercer laberinto, evidentemente.

La cámara se adentró en el gigantesco edificio gris y avanzó hasta el amplio despacho del director, con los tres ventanales que Rintaro recordaba. Sin duda era la misma estancia, pero el aspecto que ofrecía era, en todos los sentidos, distinto de cuando los chicos estuvieron allí. La suntuosa lámpara ya no estaba, como tampoco las cortinas rojas ni el lujoso sofá de piel; de hecho, podría decirse que el mobiliario era espartano. Además, la espaciosa sala se veía empequeñecida por la multitud de personas vestidas con trajes rojos, azules o negros que la abarrotaban, creando una atmósfera caótica.

—¡La empresa está abocada a la ruina, si seguimos así! —clamaba un hombre de rojo.

—¡Los libros que no se venden deben descatalogarse!

—Pero ¿la consigna no era que los lectores quieren libros atractivos y fáciles de leer?

El objeto de las quejas de aquellos hombres vestidos de negro o de azul era un hombre enjuto de edad avanzada. El anciano director, que había mostrado una actitud serena y benevolente delante de Rintaro y Sayo cuando lo visitaron, ahora permanecía cabizbajo y con las manos sobre su pelo canoso.

—El director ha cambiado la política empresarial. Ha ordenado que sigan publicándose libros que no se venden ya y también que se reediten algunas obras importantes que estaban descatalogadas. Todos quieren que dimita porque los beneficios de la editorial, antes boyante, han caído en picado. —La mujer dejó de mirar la pantalla del techo y, volviendo la cabeza hacia Rintaro, añadió en tono frío—: Este es el resultado de tus maravillosas aventuras. ¿Qué impresión te causa?

—Me parece catastrófico —fue cuanto Rintaro pudo responder.

A pesar de que el ambiente de la librería era tan gélido que provocaba escalofríos, notó que el sudor le empapaba la espalda a la vez que una sensación de opresión y náuseas le ascendía desde el pecho.

—Tus palabras han cambiado mucho las circunstancias de esos tres hombres, pero ¿ha sido para bien?

—Muy felices no parecen, la verdad.

—¿Crees que es porque tú has hecho algo horrible?

—¿Qué quiere decir?

—Yo no quiero decir nada. ¡Quiero que me lo digas tú! —respondió con voz serena la mujer, que se mantuvo cómodamente sentada en el sofá y mirando a Rintaro con su habitual expresión imperturbable—. No soy quien puede juzgar qué está bien y qué está mal. Digamos que te he hecho venir porque yo no lo sé. Te enfrentaste a esos tres individuos para salvar algunos libros. Te enzarzaste con decisión en un duelo dialéctico que influyó de manera decisiva en su filosofía de vida. Provocaste que cambiaran casi por completo los valores en los que creían… Pero el resultado es que se encuentran en serias dificultades. ¿Qué sentido ha tenido tu proceder, si ahora sufren de este modo?

Esa pregunta entrañaba algo en lo que Rintaro no se había detenido a pensar. Se encontraba en una situación del todo imprevista, pues se había limitado a expresar sus propias convicciones, sin sospechar siquiera que pudieran comportar cambios tan rápidos y radicales, como tampoco se le había pasado por la cabeza que, como consecuencia, alguien acabaría sufriendo.

Estaba anonadado y, sin saber qué decir, miró las tres pantallas.

—¿No te parece que es un mundo muy triste? —La

mujer tenía la mirada perdida, como si tratara de escudriñar algo distante—. Los hombres se nutren de los libros, absorben sus conocimientos fácilmente y, una vez que los han leído, los dejan de lado. Creen que basta con acumular muchos de ellos para ser capaces de ver más allá. Sin embargo... —Observó a Rintaro con aquellos ojos hermosos pero fríos como bolas de cristal—. ¿Es así como deben ser realmente las cosas?

La mujer se quedó en silencio con la mirada clavada en Rintaro, que estaba hecho un mar de dudas. Era imposible desentrañar qué emociones ocultaban aquellos vibrantes ojos oscuros. Se mostraba indiferente, como si estuviera en su derecho de recibir respuestas a cuantas preguntas formulara.

—¡¿Por qué...?! —exclamó al fin Rintaro—. ¿Por qué me cuestiona eso a mí?

—Vete a saber... Pensé que podrías darme una buena respuesta.

—Pero ¡eso es absurdo! Solo soy un chico tímido y retraído, un *hikikomori*.

—Aun así, te has esforzado mucho para salvar un montón de libros aquí y allá, y, de hecho, lo has conseguido. —La mujer se apartó con delicadeza un mechón de la frente—. Hoy en día, es muy difícil dar con alguien que tenga un vínculo tan estrecho con los libros.

—¿Un vínculo estrecho...?

—¡Eso es! Las personas como tú y tu abuelo pueden contarse con los dedos de las manos. En el pasado había mucha gente así, pero todo ha cambiado a lo largo de los últimos dos mil años.

Rintaro se quedó pensando durante un instante, como si dudara de haberla entendido bien. Pero enseguida reaccionó.

—¡Dos mil años! —exclamó, consciente ya de que el oído no lo había engañado.

—Bueno, en honor a la exactitud, creo que mil ochocientos. Te estoy hablando de cuando llegué al mundo. Y todo ese tiempo… se me ha pasado volando.

A eso, Rintaro no supo qué responder. Las palabras del gato acerca de que los libros tenían un gran poder adquirían una dimensión mucho mayor de la que el chico habría llegado a imaginar. Apenas había libros que hubieran sobrevivido durante un período de tiempo tan largo como mil ochocientos años. Ni siquiera un lector apasionado y voraz como Rintaro recordaba muchas obras que tuvieran tanta historia y tanto poder a la vez.

Imperturbable ante el asombro del chico, la mujer siguió enlazando palabras.

—Antiguamente, nadie ponía en duda que los libros tenían alma. Lo sabían bien las personas que los leían. De manera que se propiciaba un intercambio de emociones. No muchas personas tenían la oportunidad de leer libros, pero quienes me conocieron me apoyaron con espíritu firme, y yo les correspondí. Siento nostalgia de aquellos tiempos. Fue una época llena de esplendor, te lo aseguro.

—Entonces...

—Puede que te cueste creerlo. —La mujer había interrumpido con voz tranquila a Rintaro, quien parecía privado de energía—. Hoy en día, resulta difícil encontrar libros con alma, y no es solo eso, sino que también quedan pocas personas conscientes de que los libros la tienen. «Libro» significa, por definición, un conjunto de hojas de papel unidas, pero no solo hace referencia a la vasta cantidad de libros que se leen y luego se tiran. Incluso a mí, que me han publicado por todo el mundo en el transcurso de tantos años, me cuesta mucho encontrar a lectores que se aproximen a mí con verdadera sinceridad. Aunque digan de mí que soy el libro más leído de todos los tiempos y el más universal, nadie me muestra interés. Me encierran, me recortan, me venden sin contemplaciones como mercancía de un supermercado... Lo que has visto que sucede con los libros también me ocurre a mí, y eso que tengo casi dos mil años y me han publicado en más de dos mil lenguas.

La mujer cerró los ojos, como si tratara de contener su sufrimiento.

—Te seré sincera... —Sus pálidos labios se movieron de nuevo pasado un instante—. Yo también estoy perdiendo mi poder poco a poco. Antaño entablaba conversaciones fructíferas e importantes con muchas personas, pero he ido olvidando incluso de qué hablábamos. Una vez que pierda por completo esos recuerdos, me convertiré en un mero conjunto de hojas de papel que ofrece conocimientos y entretenimiento, como cualquier libro menor. —Abrió los ojos—. Todo esto es muy triste... Tenía mucho interés en conocer tu opinión al respecto de este mundo tan lamentable y también saber qué te ha motivado a superar todos esos laberintos. Porque aquí eres bastante famoso por ello.

Rintaro no tenía claro si la mujer había dicho esa última frase en broma o si debía creerla; en cualquier caso, no dudaba de que su necesidad de respuestas era real. Bajó la mirada y guardó silencio.

No eran preguntas fáciles de responder, pero su corazón le decía que no debía guardar silencio.

Se llevó la mano derecha a la montura de las gafas con delicadeza y cerró los ojos. Y entonces recobró la calma, como si de verdad se encontrara en la librería Natsuki sentado cómodamente en el taburete que solía ocupar, rodeado de libros en su ambiente familiar, y no en aquel entorno ficticio. Visualizó en su interior las viejas y queridas estanterías, las lámparas retro, la puerta de celosía que los luminosos rayos de sol atravesaban formando intrincadas geometrías, la campanilla plateada que anunciaba con su tintineo la entrada de un cliente... Y conforme iba rememorando esos recuerdos, los libros que tan bien conocía regresaban, uno a uno, a las estanterías vacías.

Los hermanos Karamázov, Las uvas de la ira, El conde de Montecristo, Los viajes de Gulliver... Rintaro recordaba a la perfección la ubicación de cada uno de esos libros que tantas veces había leído. Y mientras los visualizaba en su mente su corazón fue serenándose poco a poco.

—Yo... no sé qué responder —farfulló al fin, esforzándose en encontrar las palabras adecuadas—. Pero sí sé una cosa: los libros me han ayudado en un sinfín de ocasiones. Si alguien como yo, que soy un pesimista y me rindo con facilidad, ha llegado hasta aquí ha sido gracias a los libros, que han estado siempre cerca de mí.

Con la mirada fijada en los relucientes tablones de madera del suelo, Rintaro fue pescando las palabras que iban aflorando a su mente.

—Sin duda existen problemas como los que usted ha mencionado... Sin embargo, el poder de los libros no se ha debilitado tanto como cree. Es cierto que han desaparecido muchos, pero también lo es que otros han sobrevivido.

Rintaro alzó la mirada y vio que la mujer permanecía sentada, inmóvil, observándolo con sus impenetrables ojos.

—Mi abuelo ya decía que los libros tienen un gran poder. No sé cómo eran las cosas hace casi dos mil años, pero sí sé cómo son en el presente... Vivo rodeado de muchos libros fascinantes y paso mis días entre ellos. Por eso...

—¡Qué pena!

De repente, Rintaro notó un soplo de viento gélido

que, a pesar de ser sutil, tenía tal fuerza que detuvo su discurso. La voz del chico, hasta hacía un instante rebosante de calor, se quedó helada. Y acabó de congelarla lo que dijo la mujer a continuación:

—¡Menuda decepción!

Rintaro alzó la cabeza, sobrecogido por un terror repentino. La profundidad de las tinieblas lo observaba, pues una extraña oscuridad iba apoderándose ahora de los imperturbables ojos de la mujer. Ya fuera tristeza o desesperación, para un mero estudiante como Rintaro ese lúgubre sentimiento que engullía todo como una ciénaga era insoportable.

—Solo con las ideas no se cambia nada —dijo la mujer con una voz sibilante que destilaba una profunda resignación—. He oído un sinfín de teorías idealistas inmaduras y de optimismos insulsos a lo largo de todos estos años, y estoy harta. Después de todo, nada ha cambiado.

La mujer hablaba con una voz cada vez más profunda y siniestra. Al mismo tiempo, Rintaro detectó más señales inquietantes en ella. Aquellos ojos oscuros estaban como opacos y parecían no ver nada. Incluso aquellas piernas cruzadas con delicadeza y aquellas manos finas posadas en el regazo estaban exangües, como si su dueña fuera una misteriosa muñeca de cera sentada en un sofá que únicamente movía los labios.

Lo que Rintaro tenía ante él ya no era una mujer, aunque por sus rasgos lo pareciera. Era una inmensa derrota, un ser dominado por un sentimiento oscuro que ya no sabía cómo expresar.

—Compromisos fáciles que proporcionan un alivio temporal y solo postergan los problemas, disertaciones frívolas que no sirven más que para confortar el propio ego... Con eso es con lo que me he encontrado siempre. De vez en cuando, cierto es, también ha habido algunas personas que, conscientes de la crisis que atraviesan los libros, han alzado la voz, pero no convencieron a la mayoría y salieron malparadas. Eso es lo que les ha sucedido a los tres personajes que has conocido, que cambiaron su modo de pensar y, como resultado, han quedado marginados de la sociedad.

De repente, la mujer soltó un pequeño suspiro.

Y, con ese suspiro, Rintaro tuvo la sensación de que aquella presencia cuya tenebrosidad crecía por momentos ante sus ojos menguaba un poco. Notó que la silenciosa sensación de opresión que sentía en su pecho se había atenuado, y respiró profundamente, como si de repente se hubiera acordado de que debía hacerlo. La frente se le perló de sudor.

—Al principio, cuando me llegaron rumores acerca de un chico peculiar, un lector apasionado, que quería salvar los libros, tuve la esperanza de que sus palabras me proporcionarían ayuda. Tampoco pretendía que cambiaras nada. Simplemente pensé que, al menos, podrías darme un consejo que quizá nos llevaría a recuperar el poder que hemos perdido y olvidado. Pero por lo que veo... —La mujer volvió sus oscuros ojos hacia Rintaro—. Me doy cuenta de que te había sobrestimado. —Agitó su pálida mano y sentenció—: Regresa a casa. A tu vida cotidiana.

En cuanto hizo aquel gesto se oyó un chirrido. La puerta se había abierto. Rintaro pensó que, de repente, se le mostraba el camino de vuelta que tanto ansiaba. Sin embargo, no solo era incapaz de levantarse del taburete, sino que ni siquiera podía alzar la cabeza. Se sentía aturdido, más aún, conmocionado, como si una fuerza descomunal lo mantuviera anclado al suelo.

—He terminado contigo —le espetó la mujer en un tono todavía más gélido, y se puso en pie con calma.

Como si hubiera perdido totalmente el interés por quien tenía delante, le dio la espalda sin contemplaciones y empezó a andar hacia el fondo de la librería.

No sin esfuerzo, Rintaro consiguió alzar la cabeza, para ver entonces que la pared de madera desaparecía y se abría un largo y recto pasillo inmerso en la oscuridad, por el que la mujer avanzó. No había estanterías repletas de libros ni lámparas en él; solo una negrura que parecía extenderse hasta el infinito en la que resonaban unos pasos que iban perdiéndose en la distancia.

«Puedo regresar...», pensó Rintaro. Y una emoción profunda, aunque contenida, se abrió paso en su alma. Analizando fríamente la situación, se dijo que lo importante, en el fondo, era que podía volver, pero no acertaba a moverse y su mente vagaba como en busca de algo. Mientras observaba cómo la mujer se alejaba, Rintaro se preguntó qué motivaba su indecisión.

Ella había rechazado su apasionado alegato, había ridiculizado los razonamientos que con tanto esfuerzo le había expuesto y había acabado con su ya de por sí frágil orgullo. No obstante, pensó Rintaro, nada de eso le infligía una herida nueva, de modo que podía irse, aunque fuera con el rabo entre las piernas, a recuperar su rutinaria vida.

No tenía por qué lamentarse por todo lo que había sucedido en aquellos misteriosos laberintos repletos de libros. Un simple estudiante de instituto tenía sus límites a la hora de enfrentarse a ciertas situaciones. Además, era inconcebible que un joven lector pesimista y solitario como él se convirtiera en un héroe invencible por haberse visto arrastrado al país de las maravillas. Porque fuera a donde fuese, siempre sería un *hikikomori*, aunque hubiera conseguido salir airoso de discusiones complejas y le hubieran dedicado merecidas alabanzas por haber estado brillante.

Con la lógica de quien pretende que conoce el mundo y a la vez es consciente de sus propias limitaciones, estaba proporcionándose argumentos que eran simples excusas para mantener bajo control los sentimientos que, a pesar de todo, bullían en lo más hondo de su ser. Era su manera de afrontar la vida y se defendía perfectamente. ¿Acaso no le iba todo bastante bien así?

—¡No, no todo va bien! —musitó Rintaro de repente. Incluso a él le extrañó haber pronunciado esas palabras.

Tan pronto como las dijo, un destello iluminó su mente recordándole algo importante que había olvidado. Era la razón principal por la que había ido hasta allí. Durante un instante se quedó impactado como si inesperadamente hubiera sacado del fondo del mar un cofre repleto de tesoros, pero pronto volvió en sí.

—Yuzuki...

Rintaro alzó la cabeza de manera instintiva y se estremeció de inmediato.

En el pasillo oscuro que seguía abierto ante él, la figura de la mujer había dejado de verse. A pesar de todo, se puso en pie como si el ya débil sonido de sus pasos lo atrajera.

—¡Espere! —gritó con todas sus fuerzas, pero pareció que el pasillo engullía su voz y se perdía a lo lejos.

Peor aún, también se alejaba más y más el sonido de los pasos.

—¿Dónde está Yuzuki? ¡Devuélvamela, por favor!

Su voz desesperada resonó en vano dentro de la tienda. No obtuvo respuesta; lo único que se oía, aunque cada vez más débil, eran las pisadas decididas de la mujer.

Desconcertado, de pronto se volvió hacia la puerta de entrada, a su espalda.

Las dos hojas, con las celosías de madera, se hallaban abiertas de par en par todavía, como si lo invitaran a salir. Si lo hacía, sin duda recobraría su cotidianidad. Era una vida monótona, aburrida y poco satisfactoria, la suya, pero sin sobresaltos, y no le exigía que demostrara orgullo ni valor...

A pesar de que ya se imaginaba sentado cómodamente en la librería, no se dirigió hacia la puerta. No había hecho aquel viaje solo para volver así, sin más. Aún tenía presente el motivo que lo había llevado hasta allí.

Apretó los puños, cerró los ojos y, como si acabara de tomar por fin una decisión, dio la espalda a la puerta de entrada y se dirigió hacia el tenebroso pasillo.

Todo se tiñó de negro a su alrededor en cuanto se adentró en él, y Rintaro perdió cualquier punto de referencia. Ni siquiera veía por dónde pisaba, de modo que, ante la imposibilidad de correr, avanzó despacio, confiando en la firmeza del suelo y siguiendo el rítmico sonido de los lejanos pasos que lo precedían.

El sudor le empapaba la espalda, pero no dio media vuelta. Y no porque temiera perderse, sino porque no estaba seguro de ser capaz de mantener la calma si ya no veía la salida. Entonces le sobrevino un aluvión de sentimientos negativos. El miedo, el arrepentimiento, la frustración y el odio hacia sí mismo bullían en su interior, a punto de estallar con rabia y desbordarlo. Pero si permitía que eso sucediera, no sabría qué hacer, así que, para serenarse, decidió ocupar la mente en otras cosas. En su vida de estudiante, en los preparativos para el traslado, en su simpática tía, en el plácido y bondadoso rostro de su abuelo, en las estanterías repletas de libros, y luego en la mirada sonriente a la par que reservada del gato, en el semblante alegre de su compañera de clase... Y, así, siguió atravesando con pasos cada vez más decididos la negrura que tenía ante sí.

No veía a la mujer, pero todavía podía oír sus pasos. Por lo menos, no se había alejado más.

El corazón agitado de Rintaro fue calmándose poco a poco. Y sus pasos, antes cautelosos, también ganaron firmeza.

Mientras caminaba, se puso a hablar sin dirigirse a nadie en particular.

—He reflexionado mucho sobre los libros.

Su voz resonó en el oscuro pasillo junto con el sonido de aquellos pasos que, desde la lejanía, se oían con la cadencia del segundero de un reloj.

—He estado pensando y pensando en qué consiste el poder de los libros. Mi abuelo decía que encierran un gran poder. Pero también él se preguntaba en qué consistía.

Mientras aquel torbellino de palabras surgía de su interior notó que su ánimo iba experimentando un calor extraño, como si albergara una especie de rescoldo que no se extinguía a pesar de que uno quisiera sofocarlo o del frío viento que soplara.

—Los libros nos ofrecen un sinfín de cosas valiosas:

conocimiento, sabiduría, valores, amplitud de miras… Es enriquecedor aprender aquello que desconocíamos, y resulta excitante descubrir nuevas formas de pensar. Pero el abuelo creía que era algo más importante que todo eso lo que confería a los libros su inmenso poder.

Rintaro apresaba esos pensamientos que, tan difíciles de aprehender como los copos de nieve de primavera, flotaban en su espesa mente y los transformaba en palabras. Para ser capaz de expresar aunque solo fuera una pequeña parte de esas cuestiones importantes, que se desvanecían muchas veces cuando ya las tenía al alcance, caminaba concentrado y con la mirada abstraída.

No consideraba que tuviera ningún poder especial. Ni que pudiera cambiar nada. Sin embargo, reconoció para sí también que, en todo caso, si estuviera en su mano hacer algo, sería hablar de libros, y se dijo que todavía no había logrado expresar bien los pensamientos que albergaba en su interior al respecto.

—Me he devanado los sesos tratando de comprender cuál es el poder de los libros, y, tras mucho cavilar, tengo la sensación de haber dado al fin con algo parecido a una respuesta. —Rintaro se detuvo de pronto y miró a lo lejos en la oscuridad—. Quizá el poder de los libros radica en que nos enseñan a entender los sentimientos ajenos.

No lo había dicho en un tono de voz especialmente alto, pero sus palabras se propagaron en el aire y resonaron con intensidad.

Rintaro se dio cuenta de que los pasos se habían detenido.

Al instante, un silencio sepulcral que parecía devorarlo todo se adueñó del tenebroso pasillo. Por más que se esforzaba, no conseguía ver a la mujer, pero supuso que se había parado en algún lugar, de manera que reanudó su discurso, ahora para ella.

—Los libros describen muchos pensamientos y sentimientos humanos. Hablan de personas que sufren, que están tristes, que están alegres, que se ríen... Al entrar en contacto con sus historias y sus palabras, nos identificamos con esas personas y podemos comprender sus sentimientos y conocerlas mejor. Y no solo hablo de las cercanas, sino también de las que viven en mundos distintos de los nuestros. Gracias a los libros, podemos sentir todo eso.

El pasillo seguía en absoluto silencio, señal de que la mujer no había reanudado el paso. Alentado por ello, Rintaro prosiguió:

—No hay que herir al prójimo. No se debe abusar de los más débiles. Ayudar a las personas que están en apuros es lo correcto. Hay quienes sostienen que tales cosas se dan por sentadas. Pero, en realidad, ya no se tienen en cuenta... o, peor aún, se cuestiona su necesidad. Hay muchas personas que no entienden por qué no debemos herir al prójimo, y no resulta fácil explicarles el motivo porque este no responde a un razonamiento lógico. Pero uno lo entiende si lee libros ya que, mejor que las argumentaciones, ellos nos hacen tomar conciencia de que no vivimos solos en este mundo. —Rintaro dirigía con vehemencia sus palabras a la mujer, a la que seguía sin ver—. Creo que el poder de los libros radica en que nos enseñan a ponernos en el lugar de los demás y compartir sus sentimientos. Es una fuerza que infunde coraje y sustento a muchas personas. —Se interrumpió un instante, se mordió el labio y reanudó su discurso con más pasión todavía, como si las palabras le salieran del fondo del alma—: Por si se le ha olvidado, se lo diré bien alto: ¡el poder de los libros es que nos hacen sentir empatía!

Su voz resonó poderosa en el lúgubre pasillo hasta que se desvaneció.

Cuando el silencio retornó, Rintaro tuvo la sensación de que la oscuridad ya no era tan intensa. Sin apenas tiempo de comprobarlo, enseguida se iluminó todo a su alrededor y se dio cuenta de que se hallaba otra vez en aquel extraño espacio parecido a la librería Natsuki, como hacía un rato. A su lado estaba el taburete en el que había estado sentado, y detrás del sofá que había delante de él se encontraba la mujer, de pie, como si todo el rato hubiera permanecido allí. La puerta de celosía estaba abierta de par en par, pero el oscuro pasillo del fondo de la tienda en el que creyó adentrarse hacía poco había desaparecido, y Rintaro solo veía la pared de madera. Las tres pantallas en las que había visto proyectadas las imágenes de los tres laberintos no presentaban ningún cambio especial, y los tres hombres aparecían en ellas como si no hubiera ocurrido nada mientras tanto.

¿Acaso su paso por el oscuro pasillo había sido un sueño? Al propio Rintaro le costaba definir los límites de la realidad. No obstante, tuvo claro que algo sí había cambiado: su disposición de ánimo, su actitud.

—Lo siento... —Rintaro inclinó la cabeza hacia la mujer—. Me dijo que regresara a mi casa, pero no puedo hacerlo todavía. Debe devolverme a Yuzuki.

La mujer se mantuvo inmóvil y en silencio. El brillo de sus ojos era tan frío como antes, y estaban impregnados de una oscuridad estremecedora.

Pero Rintaro no se inmutó. Era consciente de que la mujer tenía más experiencia y juicio que él, y lo más probable era que no hubiera acogido así, de pronto, todas sus ideas. No obstante, que se hubiera detenido y dado la vuelta para escucharlo sin duda significaba algo.

—Pero... —De repente, los finos labios de la mujer se movieron—. Pero los hombres se empeñan en destruir de todos los modos posibles esas obras tan preciosas. Y los libros así destruidos pierden su poder y desaparecen. Desaparecen incluso aquellos que tenían un poder inmenso, tras ser encerrados, recortados y vendidos como simple mercancía. No exagero ni hablo por hablar. Lo he visto con mis propios ojos. Y no me cabe la menor duda de que muchos libros seguirán ese camino.

—Tal vez sea como usted dice, pero en realidad no se perderán del todo.

Al oír la serena e inesperada respuesta de Rintaro, la mujer sacudió ligeramente la cabeza.

—No es tan fácil acabar con los libros —agregó Rintaro—. En este preciso momento, hay muchas personas que mantienen un contacto muy estrecho con ellos. No las vemos, pero existen; es una realidad incuestionable. El hecho de que usted aún siga aquí es buena prueba de ello, ¿no?

Era una argumentación de tanto peso que la mujer, sorprendida, arqueó ligeramente una ceja. Por primera vez su rostro mostraba cierta emoción.

Durante unos instantes, se hizo el silencio.

De repente, como si se abriera paso con sigilo a través de aquella fina brecha que se había abierto, se oyó una voz inesperada:

—¡Bien dicho, chico!

Era una voz masculina, fuerte y enérgica.

Rintaro miró a su alrededor, desconcertado, pero, aparte de él y la mujer, no había nadie.

—¡Sabía que no me defraudarías! ¡Te has ganado mi admiración!

Rintaro se volvió enseguida hacia su derecha, de donde procedía la voz, y se quedó atónito al descubrir que quien así le hablaba, y con una gran sonrisa, era el hombre del primer laberinto, proyectado en una de las pantallas.

Sentado en la veranda que daba al jardín, el hombre tomó un sorbo de té con calma y, a continuación, siguió hablando:

—Chico, destierra tus dudas. Confía en ti mismo, ¡y no dejes de gritar a esa mujer! Pregúntale si no es ella quien se llena la boca con frases altisonantes pero luego no hace nada por cumplir con sus excesivamente elevados ideales, para regodearse en la autocomplacencia.

Mientras hablaba, el hombre observaba con expresión divertida a Rintaro, que se había quedado boquiabierto.

—Chico, cambiar las cosas es una ardua tarea. Pero tú te enfrentaste a mí sin miedo y expresaste con palabras cuanto tenías dentro. Te lo agradezco. Desde entonces, todos los días hago un sinfín de descubrimientos y he encontrado sorpresas maravillosas. Tenías razón al decir que yo no amaba los libros de verdad. A pesar de estar rodeado de tantos, no era consciente de los infinitos mundos que atesora cada uno de ellos. Sea como sea, el mayor descubrimiento que he hecho no hace mucho no guarda relación con los libros. —Con gesto relajado, alzó la taza que sostenía en la mano—. He descubierto que el té que prepara mi mujer es realmente delicioso —dijo con una risa tan sincera que llegaba al fondo del corazón.

Casi solapándose a esa risa, se oyó otra voz que provenía de su izquierda:

—Debes confiar en ti, mi joven amigo.

Rintaro volvió la mirada hacia la pantalla del lado opuesto.

Ver la expresión alucinada del chico divirtió al erudito de la bata blanca, que, sentado en su silla, se echó a reír mientras Rintaro seguía sin poder articular palabra. En aquel rostro redondeado y mofletudo, destacaban unos ojos tiernos y brillantes.

—Tú fuiste el que, de repente, hizo avanzar a velocidad rápida mi cinta de Beethoven, ¿verdad, jovencito? ¡Recuerda la determinación que te impulsaba entonces! —El erudito asintió con la cabeza y se echó a reír otra vez—. Recorre de nuevo con coraje el camino que has escogido. No te conviertas en un espectador somnoliento que se lamenta porque las cosas no cambian. ¡Continúa tu viaje! Del mismo modo que Melos siguió corriendo hasta el final.

La mujer arqueó ligeramente sus finas cejas.

—Los ideales por sí solos no cambian las cosas.

—Aun así, ¿no es mejor probarlo? —dijo una voz profunda proveniente del techo.

Rintaro alzó la mirada y vio que el director se levantaba de su sillón y se dirigía a los empleados vestidos con trajes de diversos colores que lo acosaban con sus quejas.

—No es simple palabrería —añadió el director—. Debemos sentirnos orgullosos de nosotros mismos. —Acalló las voces de protesta de sus empleados alzando la mano abierta—. ¿Acaso no estáis aquí porque os gustan los libros? —les dijo en un tono calmado pero decidido que silenció de golpe los murmullos—. Así pues, ¡dejémonos de discursos vacuos y hablemos de ideales! Es el privilegio que tenemos aquellos que damos vida a los libros.

Al oír aquella proclama, los empleados con coloridos trajes parecieron cambiar al unísono de posición.

Rintaro dejó de mirar hacia el techo y clavó los ojos en la mujer, que estaba delante de él.

—Por insignificante que sea, un cambio es un cambio —dijo.

La mujer le sostenía la mirada, y Rintaro continuó hablándole sin apartar la suya.

—Si todos nosotros creemos en el poder de los libros —añadió con convicción—, ¿por qué usted no cree en su propio poder?

La mujer se mantuvo inmóvil. Todos callaban, y el silencio se adueñó otra vez de aquel pequeño espacio. En esa ocasión, sin embargo, no se rompió con facilidad; era un silencio profundo y espeso, y parecía ir enterrándolos bajo su peso como una intensa pero apacible nevada. Si bien aquella calma tenía algo de solemne, también resultaba opresiva, asfixiante. A buen seguro estaba siendo el silencio más largo de cuantos Rintaro había vivido desde que se hallaba en ese último laberinto.

Al fin, la mujer cerró los ojos y murmuró:

—Empiezo a cansarme. —Abrió los ojos despacio y miró a Rintaro—. De cuando en cuando, me encuentro con personas que me dicen cosas así, y por eso no pierdo por completo la esperanza.

El tono en que la mujer había hablado era tan impasible y hermético como siempre, aunque una sutil inflexión en la voz lo hacía un tanto diferente, pensó Rintaro. Le sorprendió también percibir un leve destello en sus ojos. Fue fugaz, pues enseguida su mirada se tornó de nuevo oscura, pero estaba seguro de haber visto ese brillo.

—La empatía por el prójimo... —musitó la mujer, como hablando para sí—. Bueno, la idea no me disgusta —concluyó al tiempo que volvía la cabeza como si algo llamara su atención a su espalda.

Del fondo de la tienda fluía una cálida luz blanca que, poco a poco, iba extendiéndose. Al cabo de unos segundos, la librería Natsuki, en la penumbra hasta hacía un instante, refulgía, e incluso las sólidas estanterías y las pantallas resplandecían.

—El tiempo se acaba...

—¿Cómo?

—Me he entretenido con iniciativas imprudentes y no puedo permanecer así para siempre. —La mujer contempló la luz blanca y, con voz pausada, añadió—: Esta vez sí que debes irte. Si te quedas aquí más tiempo, jamás podrás volver.

Aunque inesperadas, eran frases de adiós. A Rintaro

no le cupo duda. Se puso nervioso, pero la mujer lo calmó con delicadeza.

—Tranquilo. Si lo que te preocupa es tu novia, no tienes por qué.

Eran palabras que denotaban seguridad, y Rintaro, sin saber qué responder, asintió.

—Así pues, debemos despedirnos —dijo al ver que la luz que los rodeaba se intensificaba todavía más.

—Sí, eso es. —La mujer se interrumpió un instante—. Ha sido un placer —añadió enseguida.

—Yo también me alegro de haberla conocido.

Rintaro le dedicó una respetuosa reverencia, a la que la mujer, sorprendida, respondió inclinando la cabeza.

—Eres un chico muy educado. ¿O se trata de una broma de vuestro tiempo que desconozco?

—¡No, no! Es un gesto de agradecimiento. Me parece que conocerla ha hecho que me dé cuenta de otra cosa importante —dijo Rintaro.

—Pues gracias a ti también.

Rintaro se inclinó ante ella de nuevo, esa vez en un gesto aún más marcado.

—Qué palabras de despedida tan bonitas —murmuró la mujer al tiempo que lo observaba.

Alzó entonces la mano derecha para tocar la pantalla que tenía al lado. Al instante las tres pantallas desaparecieron y la librería recobró el aspecto desolado del inicio, con las estanterías vacías.

Sin embargo, en cuanto la mujer las rozó acto seguido, un resplandor azulado las rodeó y los libros fueron ocupando su lugar hasta llenar por completo ambas paredes.

—Sin duda está mucho mejor así —aseveró la mujer.

Rintaro comprendió que era una última muestra de agradecimiento por su parte.

—Decididamente, yo también lo creo —convino con una sonrisa.

La mujer asintió, y, aunque no mudó el semblante, fue un gesto de aprecio inequívoco.

La luz a su alrededor fue tornándome más y más intensa, hasta que los envolvió por completo, junto con las estanterías y el sofá. Mientras Rintaro se mantenía en pie en aquella burbuja luminosa, sin saber qué otra cosa hacer, creyó distinguir que la mujer movía sus pálidos labios, pero no alcanzó a oír qué decía. Luego, sin más, la mujer dio la espalda a Rintaro y echó a andar.

El chico la miró mientras se alejaba, curioso y admirado de que aquella actitud distante y desapegada resultara tan natural en ella.

Al recordar que, poco antes, la mujer le había dado las gracias, Rintaro se sintió extrañamente rebosante de confianza, y se abandonó a aquel intenso resplandor que lo envolvía por todas partes.

Ignoraba cuánto tiempo había transcurrido en realidad cuando, de repente, se encontró arrodillado en el suelo de madera de su querida librería y con su compañera de clase, plácidamente dormida, entre los brazos. Con cuidado de no despertarla, volvió la mirada hacia el fondo de la tienda, donde ya solo se veía la pared de toscos tablones de siempre. Miró luego hacia la puerta de entrada y descubrió que en el luminoso exterior caían delicados copos de nieve.

—Yuzuki... —susurró con voz suave.

Sayo abrió los ojos casi de inmediato, deslumbrada.

—¿Natsuki...?

Rintaro suspiró de alivio al oírla.

—¿Estás bien? —le preguntó Sayo al cabo de un instante con voz tímida.

—Eso debería preguntártelo yo a ti —dijo Rintaro con una media sonrisa.

Sayo le sonrió a su vez, con dulzura, como solía hacer todas las mañanas antes de irse a ensayar. Echó un vistazo a su alrededor y, mirando de nuevo a Rintaro, asintió con firmeza.

—¡Parece que me has devuelto a casa sana y salva!

—Es lo que me había propuesto.

Se pusieron en pie cogidos de la mano y quedaron cara a cara en la estrecha librería, Rintaro de espaldas a la puerta. Al mirar a Sayo y verla bañada en la suave luz que reflejaba la nieve y se filtraba a través de las celosías, Rintaro pensó que estaba más deslumbrante que nunca.

—¿Debería decirte «bienvenida»?

Sayo negó con la cabeza, y se echó a reír al ver la expresión perpleja de Rintaro.

—¡Nada de eso! —exclamó—. Lo que debes decirme es ¡feliz Navidad!

Esas palabras carecían de significado para él, pero le gustó cómo sonaban y las repitió con una gran sonrisa.

EPÍLOGO
Así terminó todo

La *clematis* era la flor preferida del abuelo.

Le gustaba especialmente una variedad de color azul intenso, y Rintaro recordó con viveza, como si hubiera ocurrido el día anterior, el embelesado rostro del anciano mientras observaba con los ojos entornados los grandes pétalos de una de esas flores iluminados por los rutilantes rayos del sol de principio del verano. El abuelo decía que, si bien *clematis* era un nombre elegante, le pegaba mucho más su nombre común, *tetsusenka*,* por la combinación de estrictas líneas rectas y sinuosas curvas que la caracterizan. No era habitual que el abuelo, un hombre de pocas palabras, hiciera comentarios como aquel, pensó Rintaro, y sonrió al recordar que, desde entonces, en la pequeña maceta de la puerta de entrada de la librería siempre había una bella *clematis*.

---

* En japonés, *tetsusenka* significa literalmente «flor de alambre de hierro». *(N. de la T.)*

Se preguntó si él sería capaz de cuidarla igual de bien cuando se disponía a regarla. Era la primera vez que se ocupaba de ella después de tenerla abandonada durante algún tiempo, y lo consideró un indicio de que por fin iba recuperando cierta paz interior.

Hacía tres meses que su abuelo había fallecido. La estación había avanzado, de modo que el paisaje había cambiado ligeramente. Se había derretido ya la nieve del borde de los tejados, los albaricoques japoneses habían florecido y los brotes de los cerezos empezaban a abrirse.

En ese fluir natural del tiempo, Rintaro abrió, como de costumbre, la puerta de celosía de la librería a las siete de la mañana con el propósito de ventilar el pequeño local. A continuación, cogió la escoba y barrió los escalones de piedra de la entrada, regó la maceta de *clematis*, que no había echado flores aún, y finalmente se dispuso a quitar el polvo de las estanterías con un trapo.

—Trabajando duro, ¿eh?

La voz alegre de Sayo sorprendió a Rintaro cuando terminaba de limpiar la librería. La chica acababa de entrar, cargada, cómo no, con la funda negra de su instrumento, un clarinete bajo. Rintaro se había enterado de eso hacía poco, y también de que Sayo era la única entre los muchos inscritos en su club que tocaba aquel instrumento tan extraño, con esa campana suplementaria que tenía en la parte final. Al parecer, Yuzuki tenía un papel importante en su orquesta de viento.

—¡Limpias la tienda a diario! —dijo a la vez que se sentaba ágilmente en el pequeño taburete que había en medio del local—. ¿Es necesario hacerlo todos los días? ¡No debe de quedarte nada por limpiar!

—Me gusta hacerlo. —Rintaro le dedicó una sonrisa mientras iba limpiando ahora, uno a uno, los libros de las estanterías—. A diferencia de ti, yo no tengo actividades extraescolares por la mañana. Mientras limpio descubro nuevos libros interesantes, y eso me encanta.

—¡Mira que eres rarito! —le soltó Sayo con su franqueza habitual rebosante de frescura—. Hablando de libros, ¿no te parece que esta vez me has recomendado uno muy complicado? —Se sacó de la mochila un grueso volumen—. ¡No entiendo nada!

Rintaro se echó a reír. Se trataba de *Cien años de soledad* de García Márquez. Se lo había aconsejado hacía pocos días. Antes de ese, le propuso obras de Austen, y después de Stendhal, Gide y Flaubert, porque pensó que, al ser historias románticas, le resultaría más fácil leerlas. Pero hacía una semana, cuando las había terminado, Sayo le dijo que quería probar con otro tipo de lectura. Y fue entonces cuando Rintaro le recomendó a García Márquez.

—¿Realmente te lo has leído entero, Natsuki?

—¡Claro! Aunque hace ya tiempo.

—Sí que eres rarito... Pues yo no he entendido nada de nada. ¡Es demasiado difícil!

—¡Qué bien!

Sayo puso cara de extrañeza a Rintaro, que seguía quitando el polvo de los libros con el semblante sonriente.

—¿Cómo que qué bien?

—Si al leerlo te ha parecido difícil es porque lo que hay escrito es nuevo para ti. ¡Estar ante un libro difícil es una oportunidad!

—¿Qué quieres decir? —preguntó Sayo, que no salía de su pasmo.

—Las lecturas que te resultan fáciles lo son porque te hablan de cosas que ya conoces. En cambio, que un libro te resulte difícil es la prueba de que contiene cosas que desconoces.

Sayo miró al sonriente Rintaro con los ojos tiernos de quien observa a un animal en vías de extinción.

—Insisto, Natsuki: eres un bicho raro.

—No me llames eso.

—Pero ¡si es un halago...! —Sayo se llevó la mano a la frente y miró a Rintaro—. Y no estás nada mal.

Rintaro, que estaba limpiando el mostrador, se detuvo de pronto y la miró de soslayo.

La sonriente Sayo lo observaba con la cabeza ligeramente ladeada, como si estuviera espiándolo.

—¡Se te han puesto las orejas rojas!

—Es que soy novato en esto... No como otras.

—¿Novato, tú? Pero ¡si has leído un motón de libros eróticos como *Lolita* o *Madame Bovary*! ¿No serás uno de esos con pinta de buenecito que luego las mata callando?

—No te venderé ni un libro más, si sigues así...

—¡Que era broma! —exclamó Sayo, y se levantó del taburete.

Pero en lugar de dirigirse hacia la puerta, se encaminó con cautela hacia el fondo de la librería. Cuando se halló frente a la pared de madera, la tocó suavemente con la mano.

—¡Cerrada!

—Mal asunto, si no lo estuviera.

—Ya, pero me da un poco de pena. Parece como si todo hubiera sido un sueño.

De vez en cuando, también Rintaro creía que lo había sido. Sin embargo, aunque lo hubiera sido, una cosa era real: ya no estaba solo.

—No quiero mudarme, quiero quedarme a vivir aquí por mi cuenta.

Esas fueron las palabras, inoportunas pero convencidas, que Rintaro pronunció la vigilia de Navidad una hora antes de que llegara el camión de la mudanza. Por impensable que fuera, su tía no se extrañó. Durante unos instantes, miró a su sobrino a los ojos, con sus regordetes brazos cruzados, al tiempo que se instalaba un incómodo silencio que, aunque breve, pareció alargarse demasiado. La mujer fue quien lo rompió.

—A ti te ha pasado algo, ¿me equivoco, Rin-chan? —dijo, serena.

Rintaro, que no se esperaba aquella pregunta, mudó el semblante.

—Tranquilo —siguió la mujer al verlo. Y, sonriendo, añadió—: Nadie espera que un muchacho de tu edad revele sus secretos a una tía rechoncha con la que apenas ha hablado.

Era evidente que Rintaro no podía mencionarle las extravagantes aventuras que había vivido con el gato. Y, además, no tenía claro en qué medida esos hechos tan extraños habían influido en él. En cualquier caso, lo que quería era probar a desenvolverse por sus propios medios, pues había comprendido que se equivocaba al pensar que no tenía opciones; eso solo había sido un pretexto con el que se había autoengañado. Sí tenía elección, y, si se lo proponía, los caminos se le abrirían en todas las direcciones. No debía dejarse llevar por los acontecimientos, sino afrontarlos con decisión.

Había planteado a la mujer del último laberinto que, para tener un futuro, era preciso que creyera en sí misma, en su propio poder. Y al pronunciar esas palabras supo que las decía también para él. Le habían proporcionado la fortaleza necesaria para decidirse a emprender su propio camino.

Al ver que Rintaro seguía sin despegar los labios, su tía volvió a hablar.

—No estarás forzándote a hacerlo, ¿no?

—¿Forzándome?

—Sí. Me refiero a que, quizá, buscas una salida a la desesperada porque lo que pasa es que no te gusta la idea de vivir con alguien que no conoces, es decir, yo.

—No es eso.

—¿Lo dices de verdad?

—Totalmente —respondió Rintaro con firmeza.

La tía volvió a cruzar los brazos y reflexionó durante unos instantes, hasta que finalmente asintió con la cabeza.

—De acuerdo, estoy dispuesta a pensármelo... Siempre y cuando aceptes las tres condiciones que ahora te diré.

—¿Tres condiciones? —la interrumpió Rintaro.

—Sí. La primera es que no faltes más al instituto.

«Vaya», murmuró Rintaro para sus adentros, consciente ahora de que su tía estaba al tanto de que no asistía a clases desde hacía mucho.

—La segunda condición es que me llames tres veces por semana. Para asegurarme de que estás bien. Y la tercera condición es que... —La mujer se inclinó hacia delante con los rollizos brazos en jarras—. Que, en los momentos difíciles, me pidas ayuda, porque no resulta fácil para un adolescente vivir solo.

Rintaro no sabía cómo responder a esa sincera demostración de cariño de su tía, pues eso habían sido, en el fondo, las tres condiciones que acababa de plantear al torpe de su sobrino.

Pensó, una vez más, que era una mujer buena, una gran persona, y acto seguido se dijo que si la tía hubiera estado en la librería cada vez que habían aparecido aquel extraño gato y el misterioso pasillo repleto de libros, ella también los habría visto.

—Pero quizá me resulte difícil llamarte tres días por semana...

—¡Venga ya! No creo que sea más difícil que llamar a la empresa de mudanzas el mismo día o, mejor dicho, una hora antes del traslado, ¿no? ¡Te lo cambio!

La tía no era solo una mujer buena, sino también inteligente.

Rintaro no tenía margen de réplica. Mientras se inclinaba hacia ella para darle las gracias, le oyó murmurar con una risilla:

—Me da la sensación de que cada día te pareces más a tu abuelo.

A Rintaro le pareció el mejor elogio que jamás le hubieran hecho.

—Así que estar ante un libro difícil es una oportunidad, ¿eh? —susurró Sayo mientras observaba su ejemplar de *Cien años de soledad*.

—Por cierto, García Márquez es uno de los autores

preferidos de Akiba. Diría que se ha leído todos los libros de él que hay en la librería.

—Sabiendo eso, se me pasan todavía más las ganas de leerlo. Bueno, dejémoslo... —Sayo volvió a guardarse en la mochila el grueso libro. Luego miró a Rintaro con ojos amenazadores y añadió—: Pero si no me resulta interesante... ¡me enfadaré contigo!

—Eso es absurdo. Lo escribió García Márquez, no yo.

—Pero me lo has recomendado tú, no García Márquez.

Una vez más, la ingeniosa salida de Sayo sorprendió a Rintaro, quien, acto seguido, pensó que tenía mucha suerte de estar rodeado de mujeres inteligentes, como su tía y Yuzuki.

—¡Uy! ¡Debo irme! —exclamó de repente Sayo a la vez que se ponía en pie, al darse cuenta de que el ensayo estaba a punto de comenzar.

Cogió la funda con el clarinete bajo, que había dejado en el mostrador, y se dirigió hacia la puerta a toda prisa.

—¡Haz el favor de ir al instituto!

—Esa es mi intención. Además, se lo prometí a mi tía.

Rintaro salió a la puerta para despedir a Sayo y se fijó en que el cielo estaba sorprendentemente despejado. Bajo los vívidos rayos del sol de primera hora de la mañana pasaba un repartidor en una moto amarilla.

Sayo había bajado a la carrera los escalones de piedra de la librería, cuando se volvió de pronto como si acabara de recordar algo.

—¡Eh! ¿Quieres que un día de estos vayamos juntos a cenar algo? —le soltó con desparpajo.

Rintaro parpadeó un par de veces y, después, reaccionó con un nerviosismo casi patético.

—¿Juntos... tú y yo?

—¡Sí!

—¿Por qué me lo propones?

—Porque si espero a que me lo pidas tú, ¡voy lista! —respondió Sayo, y su voz cantarina resonó alegre en la soleada mañana.

Rintaro se puso todavía más nervioso, no sabía qué decir.

—No es que no me guste estar contigo en tu tienda hablando de libros —añadió Sayo con expresión resignada, si bien sonriendo—, pero si no te da el sol de vez en cuando acabarás por ponerte enfermo. ¿Acaso quieres preocupar a tu abuelo, ahora que está tranquilito en el cielo?

«¡Se preocuparía de verdad si se enterara de que saldré a cenar con una chica!», eso es lo que Rintaro habría respondido en tono desenfadado en cualquier otro momento, pero estaba tan obnubilado que no conseguía dar con las palabras adecuadas.

—Si te sirve ir con alguien como yo... —fue la respuesta sosa y poco convincente que al final le salió.

—¡Esperemos que sí! —le contestó Sayo a bocajarro, a lo que Rintaro ya no supo qué replica dar.

Sayo le dedicó una de sus encantadoras sonrisas y echó a correr calle adelante. Mientras oía el repiqueteo de sus ligeros pasos, Rintaro sintió el impulso de llamarla.

—¡Yuzuki!

Sayo, que ya se había alejado un poco, se volvió extrañada.

—¡Gracias!

La tímida voz de Rintaro se oyó nítida en la silenciosa calle. Ese comentario tan inesperado como sincero sorprendió a su compañera de clase. En una palabra tan simple, escueta y sin adornos, Rintaro había condensado todos sus sentimientos. Con esa sola palabra no expresaba únicamente el agradecimiento que sentía hacia una amiga que tantas veces se había preocupado por él y había ido a verlo. Le costó pensarla y pronunciarla, y era banal, pero era lo máximo que se consideraba capaz de decir en ese momento.

Miró a Sayo, que se había quedado boquiabierta.

—De verdad que te lo agradezco. Te debo mucho —añadió.

—¿A qué viene esto ahora? Me descolocas.

—¡Te has puesto roja tú también!

—¿Yo...? ¡Qué va! —exclamó Sayo y echó a correr.

El sol primaveral resplandecía, y la figura de Sayo,

espigada en su uniforme escolar, fue fundiéndose con aquella luz hasta que Rintaro la perdió de vista.

Seguía inmóvil en la puerta cuando, de repente, una voz profunda llegó a sus oídos:

—¡A por todas, Segunda Generación!

Rintaro miró a su alrededor, sorprendido, pero en la silenciosa calle no había nadie. Por un instante, le pareció ver el lomo del gato que saltaba con agilidad el muro de la casa de enfrente, pero no podría afirmarlo con certeza. De hecho, el paisaje que tenía ante él era el mismo de siempre.

Se quedó inmóvil durante un rato, y, al cabo, sus labios dibujaron una sonrisa.

«¡Lo intentaré! A mi manera...», respondió decidido para sí y alzó la mirada hacia el radiante cielo.

Una vez que terminaba de limpiar la librería, Rintaro siempre se servía un té de Assam y leía unas páginas de algún libro hasta que, llegada la hora, cerraba la puerta y se iba al instituto con la mochila al hombro. Las clases le resultaban aburridas, pero se había hecho el firme propósito de no saltarse ni una más para, al menos, evitar que la perspicaz delegada de clase se enfadara. Tenía un montón de problemas, todos por resolver. Aun así, su principal objetivo era por el momento desenvolverse por sus propios medios en esa vida estable y conocida que él mismo había escogido.

Rintaro entró en la librería dejando la puerta abierta de par en par y dispuso el servicio de té sobre el mostrador con gestos desenvueltos. Calentó agua en el hervidor y luego la puso en la tetera que su abuelo había usado durante tantos años.

Mientras esperaba que el té se infusionara, oyó las risas y las voces animadas de un grupo de niños de primaria del barrio que pasaban a la carrera por delante de la librería. La calle comenzaba a cobrar vida otra vez, marcando así el inicio de un nuevo día.

Un agradable aroma salía ya de la tetera, y Rintaro abrió un libro lentamente. Notó entonces la caricia de un soplo de brisa, y la campanilla de la entrada tintineó.